KB246150

남과 여에 관한 진실과 거짓
주차를 못하는 여자 하나만 생각하는 남자

Original title: **Männer wollen nur das Eine und Frauen reden sowieso zu viel** by Wolfgang Hars
ⓒ 2001 Argon Verlag GmbH, Berlin, Germany
Korean Translation copyright ⓒ 2003 by **NANOMEDIA Publisher**, Seoul

The The Korean edition was published by arrangement with
Argon Verlag GmbH, Berlin, Germany
through Literary agency Y.R.J., Seoul. Korea

이 책의 한국어판 저작권은 유 · 리 · 장 에이전시를 통한 저작권자와의 독점 계약으로
나노미디어에 있습니다. 저작권법에 의해 한국 내에서 보호를 받는 저작물이므로
무단 전재와 무단 복제를 금합니다.

남과 여에 관한 진실과 거짓
주차를 못하는 여자 하나만 생각하는 남자

2004년 1월 10일 1판 1쇄 발행
2004년 4월 30일 1판 2쇄 발행

지은이 볼프강 하르스
옮긴이 최 용 호
펴낸이 강 찬 석
펴낸곳 도서출판 **나노미디어**
주 소 120-190 서울시 서대문구 북아현3동 1-673호 2층
전 화 02)364-2791 팩 스 02)364-2787
등 록 제8-257호

ISBN 89-89292-11-5   03840

정가 8,000원

잘못된 책은 바꾸어 드립니다.

남과 여에 관한 진실과 거짓

주차를 못하는 여자 하나만 생각하는 남자

볼프강 하르스 지음
최 용 호 옮김

나노미디어

이 책에 대한 구상은 남성과 여성에 관한 친구들과의 내기에서 비롯되었다. 밤이 깊어가고 취기도 돌 무렵 나와 내 친한 친구는 예로부터 남성과 여성 모두에게 흥미로운, 아니 특히 남성에게 흥미로운 주제인 오르가즘을 화제로 삼게 되었다. 정확히 말해 우리의 얘기는 남성과 여성이 동시에 절정을 느낄 수 있느냐에 관한 것이었다. 대부분의 사람들이 생각하듯이 나는 완벽한 섹스가 가능하다면, 그것은 남성과 여성 모두 동시에 오르가즘에 도달하는 것이라 확신했다. 하지만 내 친구는 다른 의견이었는데, 그에 대한 논거를 말하지는 못했지만 어디선가 내 생각과 반대되는 내용을 읽은 적이 있다고 했다.

그래서 나는 그에 관한 전문서적과 일반서적을 찾아보게 되었고, 그 결과 내가 틀렸다는 사실을 깨달을 수밖에 없었다. 특별한 충족감을 주는 동시절정에 대한 속설은 이미 1920년대에 매우 영향력이 있던 한 네덜란드 산부인과 의사에 의해 제기되었고, 그 이후 모든 언론과 일반인들 사이에서도 사실인양 회자되어 왔다. 하지만 이 속설은 사실이 아니라는 흠을 지니고 있는데, 그 이유는 남성과 여성이 성적으로 감응하는 속도는 서로 다르기 때문이

다.(자세한 내용은 222쪽에서 확인할 수 있다.)

나는 내기에서 졌지만, 내 얘기를 들은 한 친구가 잡지기사나 애정관계 대화, 술집 대화에서 떠도는 전혀 근거가 없거나 일부만 맞는 이야기, 선입견 등 모든 것에 관해 그 내용이 진실인지 한 번 조사해 보는 것이 어떻겠냐고 했다. 남근 선망을 비롯하여, 질과 클리토리스를 통한 오르가즘의 차이점이라든지, 여성이 주차를 잘 하지 못한다는 얘기에 이르기까지 말이다.

아무튼 좀더 자세히 조사해 보면 이러한 선입견들은 모두 틀렸다는 것을 알게 된다. 단지 남성이 주차를 더 잘 한다는 주장만이 과학적인 조사에서도 입증되고 있을 뿐이다. 다시 말해 남성의 뇌 속에는 자동차를 길가에 가지런히 세우는 것을 돕는 고유 영역이 있다는 것이다. 여성 잡지들은 이 사실에 대해 계속 의혹을 제기하고 있지만 과학적 연구 결과는 분명하다.

이 사실을 제외하고, 남성의 선천적 우월성에 관한 그 밖의 이야기들은 근거가 희박하다. 남성이 여성보다 우수하다거나, 하느님이 남성이라든지, 여성인 하와가 남성인 아담의 갈비뼈에서 나왔다는 얘기들은 사실이 아니다. 남성의 뇌가 여성보다 큰 것은 사실이지만, 그렇다고 해서 남성의 지적 능력이 여성보다 뛰어나다는 것은 사실이 아니다.

흥미로운 사실은, 남성이 여성보다 뛰어나다는 선입견들은 대부분 '더 높고, 더 크고, 더 우수하다'는 식으로 얘기되고 있으며, 이 선입견들은 선천적인 성별 질서의 정당성을 증명하고 있다는 점이었다. 가톨릭 교회가 여성에게는 영혼이 없다고 수백 년 동안 주장했던 것과는 달리, 남성에게 영혼이 없음을 정말로 믿는 여성은 아마 하나도 없을 것이다.

이에 반해 여성은 남성이 단지 섹스만을 생각하고, 언제 어디서나 섹스를 할 수 있으며, 또 그러기를 바란다고 여기고 있다. 그리고 남성은 섹스 후 예외 없이 잠든다고 생각한다. 남성은 자신의 성기 크기와 그것이 여성에게 끼치는 효과에 많은 관심을 갖고 있으며, 자신을 여성보다 나은 전략가이며 투자가로 생각하고 있다. 또한 남성은 여성에게는 논리적 사고 능력이 없다고 생각하며, 금욕기간이 길 경우 정액 정체가 생긴다고 걱정한다.

간략히 말해, 이 책이 수행하고 있는 것처럼 날마다 우리 주변에서 일어나는 성 논쟁을 해명하거나, 남성과 여성에 대한 여러 가지 선입견과 유언비어, 속설을 조사하는 일은 진작에 이뤄졌어야 했다.

이 책의 내용은 뇌 연구와 진화생물학, 심리학, 통계학 그리고 그밖의 과학적이고 객관적인 학문 분야들을 근거로 하고 있다. 때때로 나는 고대의 대사상가들을 인용했으며, 가능한 객관적 입장을 유지하려고 노력했다. 이 책에서 남성과 여성에 관해 혹시라도 객관적이지 못한 부분이 있다면, 미리 양해를 구하고자 한다.

차 례

여자는 주차도 못하고 지도도 잘 읽지 못할까

대부분의 여성은 오른쪽, 왼쪽을 구별하는 데
어려움을 겪고 있다. 그 이유는 아이러니
하게도 여성의 뇌가 남성의 뇌보다
더 정교하다는 데에 있다.

여성은 남성보다 주차를 못한다

맞는 말이다. 하지만 모든 일에서 남성이 여성보다 더 잘 한다는 생각은 아주 고리타분한 생각이다. 더 우스꽝스러운 것은 지금까지 그러한 잘못된 생각을 뒷받침하는 근거들을 서술한 이론이나 저술서가 있다는 것이다. 대부분은 옳지 않은 내용들로서 이 책은 그 중 잘못된 이론을 지적하고 거짓과 진실을 가려내고자 한다. 하지만 주차하다가 기름이 떨어진 여성에 관한 얘기는 선입견이 아니다.

통계수치도 이 점을 명확히 입증하고 있다. 영국의 운전교습교사연맹은 이 사실을 과학적으로 증명하기 위해 자동차가 찌그러진 사례들 수를 조사하였으며, 이 연구를 위해 백만 파운드를 지불했다. 조사 결과에 따르면, 영국 남성의 82퍼센트가 주차공간에 정확하게 주차했으며, 그 중 71퍼센트는 한 번에 성공했다는 것이다. 영국 여성의 경우 규정에 맞게 주차한 비율은 23퍼센트에 지나지 않았으며, 그 중 한 번에 성공한 비율은 22퍼센트에 머물렀

다. 과거 영국의 식민지였던 싱가포르의 경우 남성의 성공률은 66
퍼센트였지만, 여성의 성공률은 19퍼센트에 불과했으며, 그 중 12
퍼센트만이 한 번에 성공했다.

예상했던대로 주차에 있어 세계 최고는 독일 남성들이다. 규정
에 맞게 도로변에 주차한 비율은 독일 남성의 경우 88퍼센트에
이르렀다. 독일 여성의 성공률은 여성 전용 주차공간을 이용했음
에도 불구하고 단지 24퍼센트에 지나지 않았다.

이러한 사실의 원인에 관한 과학적 견해는 일치하고 있다. 다시

말해 남성은 여성보다 뛰어난 공간표상능력을 지니고 있으며, 이
능력은 남성의 뇌가 여성보다 더 크다는 점에 주로 기인한다는
것이다. 하지만 남성의 뇌가 더 크다고 해서 남성의 지능이 더 높
은 것은 아니다. 많은 전문가들의 의견에 따르면, 남성의 뇌가 여
성보다 커진 것은 석기시대에 이뤄진 일이라 한다. 이를 통해 남
성은 더 먼 거리를 갈 수 있고 방향과 간격을 더 잘 측정할 수 있
게 되었다는 것이다. 따라서 남성의 머리가 큰 이유는 단지 주차
때문이라고 심술궂게 해석할 수도 있는데, 이는 물론 잘못된 편견

  남과 여에 관한 진실과 거짓

이라 하겠다.

남성의 피 속에는 휘발유가 들어있는 것이 아니냐는 주장도 제기되지만, 아직까지 증명된 바는 없다. 확실한 것은 남성이 더 많은 테스토스테론을 지니고 있다는 사실이다. 이는 남성에게 유용한 사실인데, 이 호르몬이 3차원적 사고를 촉진하기 때문이다. 여성의 몸에서는 매일 약 0.2밀리그램의 테스토스테론이 생성되는데 반해, 남성에게서는 그 양의 약 30배에 해당되는 테스토스테론이 생성된다. 이러한 분량의 차이는 공간표상능력은 높여주지

> **"**
> 관청에서는 머지 않아 여성 전용 주차장 이외에도,
> 월경 시기에 있는 여성과 그 이외 시기에 있는 여성을 구분하는
> 주차장 표지판을 세울 생각을 하게 될 것이다.
> **"**

만 반면에 언어표현능력은 떨어뜨린다. 테스토스테론은 공간적 표상능력을 관장하는 오른쪽 뇌를 무엇보다 활성화시키지만, 언어 중추라고 할 수 있는 왼쪽 뇌에는 작용하지 않는다. 따라서 남성은 주차는 잘 하지만, 길을 묻는데 있어서는 더 많은 시간을 필요로 한다. 여성은 때때로 주차 공간에서 어려움을 겪거나 다른 차와 접촉하게 되지만, 남성은 이유를 설명해야 하는 경우 어려움을 겪는다.

지금까지의 설명을 아직도 납득할 수 없는 사람에게는 아마도

영국의 프랑크 맥켄나 교수의 연구가 도움이 될 것이다. 이 연구도 영국 운전교습교사연맹의 재정 지원으로 실행되었으며, 맥켄나 교수는 여러 해 동안 자신이 개발한 '디지털화 된 비디오 시스템'으로 남성과 여성을 관찰했는데, 이 시스템은 순전히 위의 목적을 위해 개발된 컴퓨터 프로그램으로서 특정한 교통상황들을 가상으로 설정하고 있다. 연구 결과에 따르면, 여성 운전자들은 남성 운전자들보다 거리 측정을 잘 하지 못하며, 주차할 때나 앞차와의 간격을 측정한다든지 좌회전할 때 공간에 대한 어려움을 갖고 있다고 한다. 여성은 맞은편에서 오는 차들 사이의 간격을 어림잡는 능력도 남성보다 떨어진다.

호르몬 이론은 보훔 대학교 연구팀의 연구 결과를 통해서도 입증되고 있다. 이 연구 결과에 따르면, 여성은 성호르몬이 가장 적게 생성되는 시기인 월경 때 주차를 가장 잘 하며, 배란기에는 가장 못한다고 한다. 소위 정신순환테스트Mental Rotation Test, MRT라는 가장 어려운 테스트에서 예외 조항에 이르기까지 모든 여성들은 자신들의 월경 이틀째 날에, 호르몬 수치가 가장 높은 배란기 이후보다 훨씬 나은 테스트 결과들을 보였다.

따라서 관청에서는 머지 않아 여성 전용 주차장 이외에도, 월경 시기에 있는 여성과 그 이외 시기에 있는 여성을 구분하는 주차장 표지판을 세울 생각을 하게 될 것이다. 이를 오용하는 것을 증명하기는 쉽지 않겠지만 말이다.

여성은 왼쪽과 오른쪽을 구별하지 못한다

맞는 말이다. 여성의 반이 오른쪽, 왼쪽을 구별하는 일에 어려움을 겪고 있는 반면, 남성은 이런 일에 어려움을 느끼지 않는다. 그 이유는 아이러니하게도 여성의 뇌가 남성의 뇌보다 더 복잡하고 정교하다는 데에 있다.

예를 들면, 방향의 필요성을 느낄 때 어느 쪽이 오른쪽이고 왼쪽인지 즉각적으로 얘기하지 못하는 여성들이 많으며, 따라서 이들은 방향 판단 보조물로 반지와 같은 물건을 필요로 한다. 많은 뇌 연구 학자들은 오랫동안 이에 대한 원인을 탐구해왔다. 그 결과 인간의 대뇌는 오른쪽과 왼쪽 뇌로 나뉘어 있는데, 오른쪽 뇌는 신체의 왼쪽 부분을, 왼쪽 뇌는 신체의 오른쪽 부분을 관장하고 있다는 사실을 밝혀냈다.

이러한 사실은 특별한 관심을 끄는 것은 아니지만, 여성이 자주 방향 감각을 잃는 것에 대한 이유가 된다. 측정결과에 따르면 여성의 양쪽 뇌는 항상 활동하고 있는데 반해, 남성의 뇌는 여성보

여성의 거의 절반은 오른쪽, 왼쪽을 구별하는 것에 어려움을 겪고 있다.
그 이유는 역설적이게도 여성의 뇌가
남성의 뇌보다 더 정교하다는 데에 있다.

다 덜 조밀하게 엮여져 있어서, 남성은 양쪽 뇌를 동시에 사용하는 것이 아니라 그때 그때의 필요에 따라 항상 한쪽 뇌만을 사용한다.

양쪽 뇌 사이에는 의사들이 뇌량이라 부르는 전도傳導 체계가 있다. 뇌량은 양쪽 뇌를 서로 연결하고 있는 띠 모양의 흰색 뇌 구성 물질이다. 뇌량의 기능에 대해서는 아직 완벽하게 밝혀내고 있지 못하지만, 확실한 점은 여성의 뇌량이 더 나은 기능을 발휘하고 있다는 것이다. 뇌량은 한쪽 뇌에 다른 쪽 뇌의 정보들을 제공한다. 남성은 그때 그때의 요구 사항에 따라 왼쪽 뇌에서 오른쪽 뇌로 전환하며, 이를 통해 여성보다 쉽게 오른쪽과 왼쪽을 구별하게 된다.

도로 지도를 보는 데 있어 여성은 남성만 못하다

맞는 말이다. 교통부문에서 성별논란에 가장 자주 빌미를 제공하는 것은 주차 이외에도 도로지도를 올바로 사용하는 일에 관한 것이다. 남성이 여성보다 지도를 더 잘 본다는 사실은 과학적으로 입증되고 있는데, 다시 말해 별도의 뇌구성 물질이 남성의 방향감각을 돕고 있다는 것이다. 남성들은 이미 오래 전부터 자신이 여성보다 지도를 더 잘 본다고 생각해 왔다. 그런데 실제로 남성은 평균 117그램에 달하는 별도의 뇌구성 물질 덕분에 낯선 곳에서 여성보다 길을 더 잘 찾을 수 있다는 것이다.

울름의 신경과 전문의인 마티아스 리페는 남성과 여성 실험 대상자들에게 사이버 상의 3차원 미로에서 길을 찾는 과제를 주었다. 이 실험에서 그는 전자기적 측정을 통해 뇌의 활동을 관찰했다. 출구를 발견하기까지 남성은 평균 2분 20초를 사용한데 비해 여성에게서는 3분 16초가 걸렸다. 측정 결과들은 또한 길을 찾는데 있어 남성과 여성이 서로 다른 뇌 부분을 사용하고 있음을 보여주었다.

낯선 지역에서 길을 찾는데 있어 남성과 여성은 서로 다른 전략을 사용하고 있다. 남성은 머리 속에서 2차원적인 지도를 3차원적으로 전환할 수 있는데 반해, 여성은 특이한 장소나 나무, 산과 같은 3차원적인 조망을 사용한다. 여성은 지도를 이리저리 돌려가며 보는데, 이는 자기가 달리는 방향에 맞게 지도를 놓는 것이 매우 타당하다고 여기기 때문이다. 남성은 눈에 띄는 표지 지점들 간의 거리나 각도 관계 등 기하학적 변수들의 조합을 사용한다.

공간적 사고는 뇌의 오른쪽 앞 부분에서 이뤄지는데, 뇌 주사腦走査, Brain Scan 결과에서 보듯이 이 부분은 남성의 뇌 중 가장 많이 훈련된 부분이다. 남성에게서는 주로 뇌의 해마海馬가 작동하는데, 이 부분은 특히 공간적 사고를 담당하고 있다. 이에 반해 여성에게서는 주로 우측 전두엽이 작용하며, 이 부분은 작업 기억을 담당하고 있다. 여성에게는 공간적 사고를 담당하는 특별한 뇌 영역이 없다.

남성은 자신의 뛰어난 방향 감각에 대해 지나치게 자만하지 말아야 한다. 이러한 남성의 방향 감각은 두더지가 길을 찾는 방법과 같은 이유로 발달했다는 것이 진화생물학자들의 의견이기 때문이다. 다시 말해 남성은 예전에 여성보다 더 넓은 지역을 관할했고, 그를 통해 되돌아올 걱정을 하지 않고도 낯선 여인들의 뒤를 느긋하게 쫓을 수 있었으며, 또한 넓은 지역에서 사냥을 하고 난 후에도 집으로 돌아오는 길을 쉽게 발견할 수 있었다.

여성은 같은 일을 하면서도 보수를 적게 받는다

그렇지 않다. 전체적으로 보아 여성이 남성보다 돈을 적게 버는 것은 분명하지만, 같은 일을 하면서도 여성이 남성보다 보수를 적게 받는다는 것은 틀린 말이다. 남녀평등권은 이 점에서 이미 몇 가지 진보를 이루었다. 왜냐하면 여성의 보수가 낮다는 말 속에는 일반적인 평균임금과, 같은 일을 수행한데 대해 월말 임금 봉투 속에 들어있는 봉급이라는 두 가지 사항이 뒤섞여 있기 때문이다.

국가마다 다소 차이는 있겠지만 여기서는 독일 여성의 경우를 그 예로 살펴보고자 한다. 통계에 따르면, 독일 여성의 시간급 총액은 남성 임금의 76.9퍼센트에 불과하다. 달리 말하면, 독일 여성의 임금은 평균적으로 남성 임금의 3/4에 지나지 않는다.(동부 독일의 여성 임금은 남성 임금의 89.9퍼센트에 달한다.) 그러나 이 수치는 독일 내 모든 여성의 전체적인 평균임금과 관련된 것이며, 여기에는 주부와 시간제 근로자, 구직자도 포함되어 있다. 이들이 전체 여성들 가운

전체적으로 보아 여성이 남성보다 돈을 적게 버는 것은 분명하지만,
같은 일을 하면서도 여성이
남성보다 보수를 적게 받는다는 것은 틀린 말이다.

데 차지하는 비율은 남성들의 경우보다 훨씬 높다.

그러나 같은 일과 같은 자격 조건을 갖춘 경우에 보수는 어떠한가? 일반적으로 청렴한 기관으로 평가받고 있는 독일 연방통계청이 이 문제를 조사했다. 조사 결과에 따르면, 자격 조건과 업무, 직업 경력이 같을 경우 여성은 남성과 똑같은 보수를 받는 것으로 나타났다. 평균 소득에 있어서의 차이는 다른 이유들에서 오는 것인데, 여성이 주로 임금 수준이 낮은 직종이나 시간제 일자리에 종사하는 경우와 육아 휴직으로 인해 대부분 근무 연한이 짧은 경우, 복직 이후 승진 기회가 적다는 것 등이 이에 해당된다.

달리 말해 여성이 아이를 갖게 되면 급료 등급에서 뒤처지게 된다. 여성의 평균임금이 남성보다 낮은 것은 보수 면에서 불공평한 대우로 말미암은 것이 아니라, 무엇보다도 자녀와 직업 상의 성공을 조화시키기 어려운 상황에서 오는 것이다.

여성의 기대 수명은 남성보다 훨씬 길다

이 역시 틀린 말이다. 통계적으로만 본다면, 서구 산업국들에 있어서 여성은 평균적으로 남성보다 6년에서 8년 정도 더 오래 사는 것으로 나와 있다. 하지만 이 말이 곧 남성은 여성보다 평균적으로 6년에서 8년 정도 일찍 죽는다는 것을 의미하는 것은 아니다. 왜냐하면 이러한 산정은 남성이 이미 젊은 시기에 여성보다 훨씬 더 많이 죽는다는 사실을 고려하고 있지 않기 때문이다. 이러한 상황을 고려한다면, 기대 수명은 연령적으로 거의 같은 수준에 놓이게 된다.

독일 연방 통계청의 자료들은 남녀의 수명 차이에 대한 근거가 이미 젊은 연령에서 형성된다는 것을 입증하고 있다. 신생아와 유아기에 있어서 여아들보다는 남아들이 훨씬 더 많이 사망하고 있으며, 성년 초기에 있는 남성의 경우 사고가 가장 큰 사망 원인으로 꼽히고 있다. 다시 말해, 25세까지의 청년들의 사망률은 같은 또래의 젊은 여성들보다 훨씬 높다. 25세 이후 남녀의 사망률은 비슷하며, 70세 노인의 경우 남녀간 기대 수명의 차이는 2.5년으로 줄어들고 있다.

　여성이 남성보다 훨씬 오래 사는 것은 아니며, 그럼에도 불구하고 노인들 가운데 여성의 숫자가 많은 것은 청년기에 있는 남성의 사망률이 높기 때문이라 하겠다.

전부 아들을 낳지 못하는 이유가 여자에게 있을까

아버지가 아들에게 물려주는 품목 중에
지능은 확실히 빠져 있다.
아들의 지능은 어머니에게서만 유전될 수 있다

아들은 아버지로부터 지능을 물려받는다

틀린 말이다. 아버지는 아들에게 주택 부금에서부터 멋진 빌라에 이르기까지 많은 것을 물려줄 수 있다. 하지만 학자들은 아버지가 아들에게 물려주는 품목 중에 확실히 지능이 포함되어 있지 않다는 사실을 발견해 냈다. 아들의 지능은 어머니에게서만 유전될 수 있다는 것이다.

많은 남성들이 격분하고 이의를 제기할 일이다. 하지만 아무 소용없다. 어쨌든 지능은 유전되는 것으로서, 우리의 유전인자와 유전인자를 지니고 있는 염색체에 기록되어 있다. 다른 대부분의 경우와 마찬가지로 이 경우에도 결정적인 한 쌍의 염색체는 마지막 쌍인 성염색체이다. 알려진 바와 같이 남자는 X염색체와 Y염색체를, 여자는 두 개의 X염색체를 갖고 있다. 다시 말해 아들은 XY조합을, 딸은 항상 XX조합을 갖고 있다. 여기서 어머니는 아들이거나 딸에 상관없이 항상 X염색체를 주고 있으며, 이에 반해 아버지는 아들의 경우에는 Y염색체를, 딸의 경우에는 X염색체를 주고 있다.

이는 남성이 자기 아들의 지능에 아무런 기여도 하지 못함을 입증하는 것이기도 하다. 남성에게만 있는 Y염색체는 X염색체와 비교해 볼 때 별 볼일 없는 것에 지나지 않는다. X염색체 하나가 대략 5,000개의 유전인자를 지니고 있는데 비해, Y염색체에 함유된 유전인자는 평균 30개에 지나지 않는다. 발생학적으로 볼 때 Y염색체는 까마득한 옛날에 X염색체로부터 나온 기형적인 축소판에 불과하다. Y염색체에는 거의 대부분 성을 결정하는 정보들만이 있을 뿐이고, 그 밖의 모든 정보들은 더 오래된 X염색체에 들어 있다.

Y염색체는 단지 남성이 되어 가는 신체적 발달과 호르몬 생산, 페니스와 같은 생식기관의 형성만을 담당한다. 지능을 포함한 그 밖의 모든 인자들은 X염색체에 들어 있다. 따라서 지금까지의 이

야기를 이해하는 독자라면, 아들이 아버지에게서가 아니라 어머니에게서만 X염색체를 받을 수 있음을 금방 알아차리게 될 것이다. 물론 남성도 X염색체를 갖고 있으므로 여성과 똑같이 자기 지능을 물려줄 수 있지만, 자기 아들이 아닌 자기 딸에게만 줄 수 있다.

남성이 여성보다 더 똑똑하다

틀린 말이다. 일반 지능검사에서 남성의 지능이 여성보다 평균 3퍼센트 정도 더 높게 나타나고, 천재들 중에는 남성이 여성보다 더 많다는 사실이 통계적으로도 입증되고 있기는 하다. 그렇다고 해서 남성이 전체적으로 보아 여성보다 더 똑똑한 것은 아니다. 남성의 경우 과반수 이상이 가장 낮은 단계에 분포하고 있기 때문이다.

이에 관해 먼저 남성과 여성의 통계상 지능 분포를 살펴보기로 하자. 이때 흥미로운 형태를 발견하게 되는데, 다시 말해 남성의 지능곡선은 여성의 지능곡선보다 더 가늘고 급격한 모양을 띠고 있다. 극점들이 상당히 두드러져 있다는 얘기다. 곡선의 정점에 비교적 많은 수의 천재들이 표시되어 있는 반면, 곡선의 최저점에는 더 많은 수의 바보들이 자리잡고 있다. 이에 반해 여성의 지능곡선은 폭이 넓고 완만한 모양을 이루고 있다. 지능을 '천재', '보통', '바보'의 세 단계로 단순 분류하면, '천재'와 '바보'라는 양극에 많은 수의 남성이 분포되어 있으며, 대부분의 사람들이 자리하고 있는 중간 부분에서는 여성을 더 많이 발견하게 된다.

이 이론을 검사하기 위해 캠브리지 대학교 교수인 찰스 굿하트는 남녀 대학생 상당수의 시험 성적을 분석했다. 여기서 그는 남학생들이 여학생들보다 A 학점을 더 많이 받았지만 상대적으로 남학생들이 더 많이 낙제했다는 것을 확인했다. 여학생들은 거의 항상 중간 수준에 있었고, 대부분의 과목에서 B 학점에 근접한 점수를 받았다. 굿하트는 매우 뛰어난 여학생은 극소수에 지나지 않았지만, 우둔한 여학생의 수도 적었다고 했다. 이러한 전형적인 성별 편차의 폭은 신체 치수와 같은 다른 많은 분야에서도 나타나고 있다. 굿하트는 그 원인이 유전인자에 있다고 얘기한다. 다시 말해 남성은 X염색체와 Y염색체를 갖고 있으며 이로써 더 큰 다양성을 지니게 된 반면, 여성은 두 개의 X염색체만 갖고 있다는 것이다.

남성의 뇌가 여성보다 크기 때문에, 남성의 지능이 여성보다 높다

틀린 말이다. 남성의 뇌가 실제로 평균 10에서 15퍼센트 크다는 말은 맞다. 이는 약 40억 개의 뇌 세포나 117그램의 뇌 질량에 해당되는 것이다. 하지만 그 때문에 남성의 지능이 더 높다는 말은 틀린 것이다.

고대 그리스인들은 남성의 뇌가 더 큰 사실을 흥미롭게 해석했다. 남성이 여성보다 더 '열이 많다'는 것이다. 그리고 열이 많을수록 몸 속의 혈액 양도 많으며, 이 혈액이 뇌의 성장을 촉진한다는 것이다. 후대에 와서는 머리가 클수록 더 적응을 잘한다고 생각했다. 백 년 전 만해도 머리 둘레가 적어도 52센티미터는 되어야 교수가 될 수 있다고 믿었다.

이미 중세시대에 남성의 두개골이 큰 사실에 관한 연구가 있었다. 남성과 여성의 신체는 상호 보완적이라 여겨졌고, 따라서 여성의 유난히 큰 골반은 남성의 유난히 넓은 두개골에 상응하는 것이라 생각했다. 여성의 골반은 출산할 때 남자아이의 커다란 머리가 수월하게 빠져나갈 수 있도록 공간적인 여유가 충분해야 하기 때문이다.

독일의 신경과 의사인 파울 뫼비우스는 백 년 전 '여성의 생리학적 결함'이라는 그의 저서에서 남성의 머리가 더 뛰어나다는 것에 대한 생물학적 증거를 제시했다. 그는 '정신 생활을 담당하는 매우 중요한 뇌 부분'이 여성의 경우 남성보다 덜 발달되었다고 주장했으며, 이에 대해 프랑스의 해부학자인 폴 브로카의 말을 인용했다. 브로카는 그의 이름을 따라 명명된, 인간의 뇌 속에 있는 언어 중추를 발견한 사람으로 19세기 중반에 여성의 뇌는 평균적으로 남성의 뇌보다 가볍다는 사실을 밝혀냈으며, 이 사실에서 "여성의 지능은 남성보다 약간 떨어진다"는 결론을 내렸다.

그런데 오늘날 여성은 전체적으로 보아 남성보다 작고, 몸무게도 가볍다. 만약 브로카가 이 사실을 고려했다면, 체중과 뇌 크기의 관계가 여성의 경우 남성보다 더 낮다는 점을 알아챘을 것이다. 고래와 코끼리가 인간보다 더 크고 무거운 뇌를 갖고 있지만, 지능 면에서 인간을 능가하지 못하는 것과 같은 이치다. 또한 질량과 자질 사이에는 결코 아무런 관련도 없다. 남성의 뇌가 더 무거운 것은 뇌의 지지 조직이 더 조밀하기 때문이며, 따라서 쓸모 없는 질량인 것이다. 뇌의 능력은 정보 교환을 처리하는 신경세포들 사이의 엄청난 연결 개수에 달려있다. 그리고 여성은 남성보다 몇 개 더 많은 세포 연결을 갖고 있는 것이다.

캐나다의 뇌 연구가인 샌드라 위텔슨은 눈 뒤에 위치한 측두엽에 있는 신경세포의 수를 세었다. 그 결과 여성의 신경세포는 남성보다 핀 머리 크기에 해당하는 $1mm^3$ 부피 당 5,000개나 더 많았다. 이는 남성의 뇌가 더 무거움에도 불구하고, 뇌 속에 있는 신경세포는 여성이 남성보다 11퍼센트 더 많이 갖고 있음을 의미한다.

연구가들은 또한 남성의 얼굴이 더 길다는 점을 더 높은 지능에 대한 이유로 끌어 들였다. 얼굴이 길수록 지능도 높다는 것이다. 그러나 이 말이 사실이라면, 말이 지능 면에서 인간을 훨씬 능가할 것이다. 그밖에 전두엽이 더 크다는 것이 지능이 더 높은 것에 대한 증거가 되기도 했다. 그러나 남성의 이마는 전두동이 더 크기 때문에 여성보다 더 많이 튀어나온 것이다. 전두동은 또한 점막으로 채워져 있으며, 뇌가 들어있는 것은 아니다.

진화생물학자들은 남성의 뇌가 더 크다는 사실에 또 다른 이유가 있음을 밝혀냈다. 실험에서도 입증되었듯이, 이러한 별도의 뇌 부분은 남성의 우월한 공간표상능력을 관할하고 있다. 이를 통해 우리 남성 선조들은 섹스 상대자를 찾는 일을 더 넓은 지역으로 확대할 수 있었다.

아들을 낳지 못하는 이유는 여성에게 있다

틀린 말이다. 몽매한 중세시대에 아들을 낳지 못하는 아내의 무능력은 남편에게 지긋지긋한 아내를 수도원으로 쫓아내고 다른 젊은 여인과 결합할 수 있게 하는 좋은 빌미를 제공했다. 그러나 아버지가 자녀의 성을 결정한다는 사실이 그 사이에 밝혀졌다.

다시 말해 태어날 아이가 아들이냐 딸이냐는 남성의 정자가 결정한다. 난세포와의 결합에서 정자는 X염색체나 Y염색체를 가져올 수 있는데 반해, 여성은 오로지 X염색체만 내놓는다. 그리고 알려진 바와 같이 딸은 성염색체 XX를, 아들은 그 변종인 XY를 지니고 있다. 여성적인 X염색체는 여성뿐만 아니라 남성에게도 존재하는데 반해, Y염색체는 오로지 남성에게만 존재한다. 수태시에 X염색체를 지닌 정자가 X염색체를 지닌 난세포에 먼저 도달하면, 수정된 난세포는 결국 성염색체 XX를 갖게 되며, 딸을 낳게 된다. Y염색체를 지닌 정자가 먼저 난세포에 도달하면, 수정

된 난세포는 성염색체 XY를 갖게 되며, 9개월 후 아들이 태어난
다. 따라서 자녀의 성을 결정하는 것은 어느 경우이든 남성의 정
자이다.

 남과 여에 관한 진실과 거짓

아들은 아버지를 더 닮는다

틀린 말이다. 남성의 세포 속에는 아버지보다는 어머니로부터 받은 유전자가 더 많이 활동하고 있으므로, 남자들이 '응석받이'로 불릴 수 있는 것은 당연하다.

남성과 여성은 유전적으로는 1퍼센트 미만의 차이점을 보이고 있으며, 오로지 성염색체를 통해서만 구별된다. 여성은 성염색체 XX를, 남성은 그 변종인 XY를 갖고 있다. 남성은 X염색체를 항상 어머니로부터 받기 때문에 — 그렇지 않다면 남성은 성염색체 XX를 갖게 되고, 따라서 여자가 될 것이다 —, 계산만 해보더라도 남성의 몸 속에는 아버지보다 어머니의 유전자가 더 많이 활동하고 있음을 알 수 있다. 남성은 아버지보다 어머니를 평균 6퍼센트 정도 더 닮는다.

남성은 말할 때 한쪽 뇌만 사용한다

맞는 말이다. 남성이 여성에 비해 말이 적다는 것은 평범한 진리이다. 미국의 사회학자 다이앤느 해일스가 조사한 바에 따르면, 여성은 남성보다 두 배 정도 말을 많이 한다는 것이다. 여성이 하루에 평균 23,000 단어를 사용하는데 비해, 남성은 단지 12,000 단어를 사용해 불과 여성의 반에 지나지 않는다고 한다. 또 다른 연구팀은 여성이 하루에 8,000 단어, 남성은 4,000 단어를 사용한다고 밝히고 있지만, 여기서도 성별 대비는 같게 나타나고 있다.

이에 비해 벨기에나 영국 학자들의 주장은 신빙성이 다소 떨어진다. 벨기에 학자들은 "모태 속의 여자 아기가 벌써 8주에서 12주 사이에 남자 아기보다 입을 더 자주 그리고 오래 움직이며, 활동하는 시간도 남자 아기보다 길다"(morgenwelt.de)는 것을 확인했다. 영국의학협회의 통계에 따르면, 턱 질환을 겪고 있는 여성의 수가 남성의 네 배에 달한다고 한다.

남성은 얘기할 때 왼쪽 뇌만 사용한다는 사실이 핵스핀 단층촬영을 통해 입증되었다. 이에 반해 여성은 양쪽 뇌에 모두 언어 중추를 갖고 있다. 여성의 언어 중추는 주로 왼쪽 전두엽과 오른쪽 전두엽의 일부분에 자리잡고 있다.

양쪽 뇌를 사용하는 여성은 남성보다 더 빨리 더 많이 말을 할 수 있다는 것은 당연하다.

여성의 언어 능력을 뛰어나게 하는 또 하나의 요인은 호르몬이다. 여성의 몸에서는 매일 약 0.2밀리그램의 테스토스테론이 생성되는데 비해, 남성의 몸에서는 그 보다 30배 가량이 생성된다. 이러한 테스토스테론 농도의 차이는 남성의 공간표상능력에는 긍정적인 영향을 끼치지만, 언어표현능력은 떨어뜨린다. 테스토스테론은 3차원적 사고를 관할하는 오른쪽 뇌를 특히 활성화시키며, 언어 중추가 있는 왼쪽 뇌에는 작용하지 않는다. 따라서 남성은 기하학적 도형을 신속하게 머리 속에 떠올릴 수 있지만, 그 모양을 묘사하는데 있어서는 여성보다 시간이 더 걸린다.

여성의 우월한 언어 능력에 대한 가장 설득력 있는 논증은 성 호르몬인 에스트로겐과 여성의 언어 능력 사이의 상관 관계에서 찾아볼 수 있다. 많은 심리학자들의 연구에서 입증됐듯이, 여성은 생리주기의 중반기에, 다시 말해 에스트로겐의 농도가 가장 높을 때 언어 능력이 가장 뛰어나다. 월경 직후 에스트로겐의 농도가 떨어짐에 따라 여성의 달변 능력도 감소한다. 그럼에도 불구하고 말과 관련된 모든 일에 있어서 대부분의 여성은 자신의 언어 능력이 가장 떨어지는 시기에도 남성을 능가한다.

남성의 감각 중추는 언어 중추와 연결되지 않은 것이나 다름없다

맞는 말이다. 남성들은 자기 감정을 다른 사람들에게 잘 얘기하지 않으며, 그 결과 여성들이 어려움을 겪는다는 사실은 세상의 모든 여성잡지들이 가장 즐겨 다루는 주제들 중 하나이다. 그리고 실제로 남성에게 있어서 감정과 관련된 정보를 언어 표현을 관장하는 왼쪽 뇌로 전달하는 일은 쉽지 않다. 여성과는 달리 남성에게 있어서 정서를 관할하는 오른쪽 뇌와 언어 중추가 자리잡고 있는 왼쪽 뇌 사이에 연결이 거의 이뤄지지 않기 때문이다.

양쪽 뇌 사이의 정보 교환은 뇌량이 담당하고 있다. 뇌량은 양쪽 뇌를 서로 연결하고 있는 띠 모양의 흰색 뇌 구성물질로, 약 2억 개의 개별적인 힘줄로 이뤄져 있다. 뇌량은 한쪽 뇌에서 파악된 정보를 다른 쪽 뇌에 전달한다. 들보라고도 불리는 이 신경섬유판은 여성의 경우 훨씬 두꺼우며, 따라서 여성의 뇌 속에서는

남성은 그때그때마다 오른쪽이든 왼쪽이든 한쪽 뇌만을 사용하며,
양쪽을 동시에 사용하지는 않는다. 남성의 열등한 전도傳導 체계로
오른쪽 뇌에서 파악된 내용을 말로 표현하는 것이 남성에게는 쉽지 않다.

양쪽 뇌 사이의 정보 교환이 남성보다 신속하게 이뤄진다. 남성은 그때그때마다 오른쪽이든 왼쪽이든 한쪽 뇌만을 사용하며, 양쪽을 동시에 사용하지는 않는다. 남성의 열등한 전도傳導 체계로 말미암아, 오른쪽 뇌에서 파악된 내용을 말로 표현하는 것이 남성에게는 쉽지 않다.

남성도 감정을 느낀다는 점은 매우 확실하게 얘기할 수 있다. 단지 남성은 그를 말로 표현하지 못할 뿐이다.

왜 남자들은 자신을 매력적이라 여기고,
여자는 자신을 뚱뚱하다고 생각할까

여성은 남성보다 약 네 배 정도 더 자주
눈물을 보인다.
그 원인은 프롤락틴이라는 호르몬이
남성보다 50퍼센트 이상 더 높기 때문이다.

여자들은 자신이 너무 뚱뚱하다고 생각한다

맞는 말이다. 여자들은 자신의 몸매에 결코 만족하지 않는다는 모든 소문 속에는 진실이 숨어 있다. 심지어 어떤 악의적인 일화는 동성 친구에게 불평을 털어놓는 한 남자의 말을 전하고 있다. "내 아내는 성형 수술을 해서 얼굴의 주름살을

> 여성들에게 자신의 엉덩이와 가슴, 그리고 허리 사이즈를
> 추정해 보라고 했더니 실제보다 더 나쁘게 평가했다.
> 이에 대한 이유는 여성의 공간적 사고가 덜 발달되었다는 사실에서
> 찾아볼 수 있을 것이다. 하지만 위의 여성들에게 상자의 크기를
> 추정해 보도록 한 결과, 추정치는 실제 크기와 거의 비슷했다.

폈는데, 이제는 자기 목이 마음에 들지 않는다고 해."

 펜실베이니아 대학교는 이 주제에 관해 매우 인상적인 연구를 실시하였다. 이 실험에 참가한 여성들에게 자신의 엉덩이와 가슴, 그리고 허리 사이즈가 얼마나 되는지 추정해 보라고 했다. 여성들은 자신의 사이즈를 평균적으로 25퍼센트 정도 더 나쁘게 평가했다. 이에 대한 이유는 여성의 공간적 사고가 덜 발달되었다는 이미 입증된 사실에서 찾아 볼 수 있을 것이다. 하지만 학자들은 구체적 실례를 통해 사실을 검증하려 했으며, 따라서 위의 여성들에게 상자의 크기를 추정해 보도록 했다. 그 결과, 이들이 추정한 크기는 실제 상자 크기와 거의 비슷했다.

 1999년 9월호 '심리학 오늘Psychologie heute' 잡지에 따르면, 미시건 대학교 연구진은 심지어 셀룰라이트와 코발트에 관한 지나친 염려가 사고 능력을 해친다는 사실을 입증했다고 한다. 연구진은 대학생들에게 몇 개의 계산 문제를 냈는데, 그들 중 일부는 풀오버를 입고, 나머지는 수영복을 입도록 했다. 이러한 차림으로 학생들은 수학 문제를 풀어야 했으며, 문제를 다 풀고 나서 막대 초콜릿을 먹도록 했다. 그 결과는 실망스러웠는데, 비키니를 입은 여학생들은 수영복 차림의 남학생들보다 성적이 훨씬 나빴으며, 막대 초콜릿을 먹은 여학생의 수는 매우 적었다. 이에 반해 풀오버를 입었던 남학생들과 여학생들 사이의 성적 차이는 그다지 크지 않았다.

남자들은 자신을 아주 매력적인 존재라고 생각한다

이 역시 맞는 말이다. 남자들에게서는 상반된 극단적 견해가 나타난다. 남자들은 일반적으로 자신을 실제보다 훨씬 매력적이라고 생각한다. 역시 미시건 대학교에서 시행된 실험에서 남학생들과 여학생들에게 각기 가장 갖고 싶은 남성과 여성의 몸매에 대해 물어 보았다. 여학생들은 남자들이 자신보다 더 매력적인 몸매를 좋아할 것이라고 생각한 반면, 남학생들은 한결같이 이상적인 몸매를 자신의 몸매와 일치시키려 했다.

일련의 실험에서 실험 대상자들에게 수영복을 입고 있는 남성과 여성의 단순한 신체 스케치들을 보여 주었는데, 이 스케치들은 살찐 정도에 있어서만 차이가 있었다. 실험 대상자들로 하여금 각각의 스케치를 자신의 몸매와 비교하고, 이성에게 아마도 가장 매력적으로 보일 이상적인 몸매와, 그밖에도 자신이 가장 매력적이라고 생각하는 이성의 몸매를 지명하도록 했다.

남자들에게 있어서 자신의 몸매와 이상적인 몸매는 일반적으로 일치했다. 이에 반해 여자들이 남자들에게 이상적으로 보일 것이라고 추정했던 몸무게는 자신들의 실제 몸무게보다 가벼웠다. 하지만 여자들 자신이 원하는 이상적인 몸무게는 이 추정치보다도 더 가벼웠다. 남자들은 여자들이 실제로 생각하는 것보다 더 근육질의 몸매를 좋아할거고 여겼다. 그리고 여자들은 남자들이 실제로 생각하는 것보다 더 날씬한 여자들을 좋아할 것이라고 믿었다.

수학적 재능 면에서 여성은 남성보다 못하다

틀린 말이다. 1709년 '여성 일기'라는 책에서 여성이 수학을 친숙하게 여길 수 있는 두 가지 유용한 방법이 제시되었는데, 수학 문제는 먼저 "재미있고 너무 어렵지 않아야 하며", 그 다음 "여성이 수학을 더 좋아하도록 하기 위해서" 수학 문제는 운문의 형태를 띠고 있어야 한다는 것이다.

오늘날에도 여성들은 수학을 그다지 좋아하지 않지만, 그렇다고 해서 남성이 여성보다 셈을 더 잘한다는 편견은 사실이 아니다. 남성은 여성보다 공간표상능력이 뛰어나기 때문에 수학적 능력도 더 낫다는 연구 결과가 있는 반면, 정반대의 내용을 주장하는 연구 결과도 있다. 과학적으로 어느 정도 확인된 사실은, 사춘기 이전 시기에 남자아이들은 여자아이들보다 셈을 더 잘하지만, 그 차이는 사춘기 이후에 곧 상쇄된다는 것이다. 또한 남성은 아마도 재미있는 운문 형태로 인해 여성보다 수학 문제를 더 잘 풀고, 여성은 남성보다 구구단을 더 잘 외운다고 한다.

그럼에도 불구하고 여성이 남성보다 수학적 재능이 없다는 편견이 아직도 머리 속에 남아있는 것은, 고대시기 이후 수학이 남성의 학문으로 인식되어 온 데에 그 원인이 있는 듯하다. 고대 그리스 사람들은 수학을 우주와 동일시했고, 따라서 그들의 눈에 수학은 남성적으로 비춰질 수밖에 없었다. 예를 들면 피타고라스에게 있어서 수數는 신적인 것이었는데, 모든 것이 기울고 죽게 되는 물질적인 자연 세계와는 반대로 수는 영원하고 불변하며 불멸하는 것으로 여겼기 때문이었다. 피타고라스는 수학에 몰두함으로써 자연과, 그로 말미암아 여성적인 것까지도 극복할 수 있다고 생각했다. 그는 자연의 원료인 모든 물질을 여성적인 것으로 보았기 때문이다. 2라는 숫자는 최고의 여성적인 원리였을 뿐만 아니라 물질과 연관된 숫자였다. 이에 반해 1이란 숫자는 최고의 남성적인 원리였고, 물질로부터 자유로운 최고의 신 아폴로와 전적으로 동일시되었다.

1이라는 남성적인 숫자로 대변되는 천상 세계에 올라감으로써만 2라는 숫자로 대변되는 현세에서 벗어날 수 있으며, 이러한 방식으로 비물질인 영혼을 물질적인 육체로부터 해방시키게 된다. 모든 숫자는 본래 영적인 영역, 다시 말해 남성적인 영역에 속한 것이기 때문에, 사람들은 점점 더 수학 전체를 근본적으로 남성의 활동으로 여기게 되었다. 수학에 몰두함은 인간의 남성적 요소인 영혼에 몰두하는 것이었고, 그 반면 수학에 전념하는 모든 사람들은 인간의 여성적 요소인 육체를 뛰어넘어야 했다.

따라서 여성이 셈을 잘 하지 못한다는 생각은 더 이상 그렇게 놀랄 만한 것이 아니다.

　그렇다면 여자들은 어떻게 행동하는가? "어떤 기차가 시속 60킬로미터로 달리고 있고 목적지까지 두 시간이 걸리는데, 만약 기차가 30분 연착을 했다면 목적지까지는 얼마나 걸리는가?"라는 문제를 접한 경우, 여자들은 먼저 문제를 풀려고 하지도 않고 곧바로 차장에게 물으려 한다. 이는 시간적으로 덜 걸릴 뿐만 아니라, 차장이 남자인 경우 그와 천상 세계와의 관련성을 더 드러내주는 것이다.

여자들은 남자들보다 못한 투자가들이다

이 역시 틀린 말이다. 캘리포니아 대학교는 3만 5천 명의 남녀 주주들의 주식 거래 태도에 관해 세계적으로 지금까지 가장 규모가 큰 조사를 실시했다. 이 조사 결과에 따르면, 여성 주식 투자가들은 증시에서 가는 줄무늬 복장의 여피족 중개인들을 손쉽게 제압했으며, 자신들이 더 나은 투자자들임을 입증했다. 여성의 직관에 따른 주식 투자는 어쨌거나 남성보다 평균 1.4퍼센트 포인트 더 높은 연 수익을 올렸다. 앙드레 코스톨라니가 무덤에서 돌아누웠을 일이다.

미국의 소도시 비어즈타운에 살던 존경할 만한 시골 할머니들 열 네 명이 신문의 머릿기사를 장식했을 때 이미 남성 주식 투자가들은 굴복해야 했다. 이 할머니들은 23.4퍼센트에 달하는 최고의 수익률로 월가의 젊은이들 코를 납작하게 만들었다. 이러한 놀라운 성과가 이후 아쉽게도 컴퓨터의 실수로 판명되었지만, 이 사건의 감동은 그다지 줄어들지 않았다.

이 할머니들의 투자 성공 전략은 마술이 아니며, 비밀스러운 공식이나 머리를 쥐어짠 전략에 근거한 것도 아니다. 그 전략은 아주 간단하며, '주식을 사서 가능한 오랫동안 보유한다'는 모토에 따른 것이다. 테렌스 오딘 교수와 브레드 바버 교수는 무엇보다도 남성과 여성이 얼마나 자주 주식을 사고 파는지를 조사했다. "저는 침실에서 부인과 싸울 일을 만들고 싶지 않아요"라고 오딘 교수는 외교적으로 말했다. 하지만 "한 가지 관점에서 여자들이 더 나은 투자가들이라 할 수 있습니다. 여자들은 주식을 남자들만큼 자주 사고 팔지 않는데, 이것이 결정적인 장점입니다." 일정 기간 동안 여자들은 평균 20회 정도 투자를 한 반면, 같은 기간 동안 행동주의적인 성향을 띤 남자들은 그들의 투자를 즉각적으로 29회나 변경했다.

남성 독신자들이 특히 활동적인 것으로 드러났는데, 이들은 일 년 동안 투자의 85퍼센트를 변경했다. 이에 반해 여성 독신자들은 단지 투자의 51퍼센트만을 변경했다. 그 결과 연 수익에 있어서 차이가 두드러졌는데, 여성 독신자들은 일 년 동안 그들의 투자 가치를 남성 독신자들보다 평균 2.3퍼센트 포인트 더 증대시킬 수 있었다.

남성에게 유일하게 위안이 되는 사실은, 개별적인 주식을 선택하는데 있어 소액 투자자들은 남녀 모두 같은 정도로 성과가 좋지 못하다는 점이다. 투자자들 대다수의 경우, 매도한 주식이 매수한 주식보다 훨씬 더 빨리 상승했다.

여자들은 남자들보다 더 자주 눈물을 보인다

맞는 말이다. 존 웨인은 자기 말이나 개 혹은 동성 친구를 애도하며 울 수는 있지만, 결코 여성을 애도하며 울지는 못할 거라고 얘기한 적이 있다. 가축이나 친구들이 그에게 걱정을 많이 끼쳤는지는 확실치 않지만 한 가지 점만은 확실하다. 다시 말해 여성은 남성보다 약 네 배 정도 더 자주 눈물을 보인다는 것이다.

그 원인은 프롤락틴이라는 호르몬에 있는데, 이 호르몬은 또한 임산부의 모유 생산도 조절한다. 사춘기가 시작되기 이전에 혈액 속의 프롤락틴 농도는 남자아이나 여자아이에게 있어 거의 비슷하다. 하지만 사춘기가 시작된 이후 여성의 프롤락틴 혈중 농도는 남성보다 50퍼센트 이상 더 높다. 이는 여성이 남성보다 울음이 더 흔한 사실에 대한 설명이 된다.

생화학자인 윌리엄 프레이는 그의 실험실에서 실험 대상자들이 눈물을 흘리도록 만들었으며, 이때 나온 눈물의 성분을 분석했다. 여기서 놀라운 결과가 나왔는데, 멜로 영화를 볼 때 흘리는 정서적인 눈물은 양파 냄새로 인해 흘리는 자극적인 눈물과는 다른 성분을 지니고 있다는 것이다. 그밖에 여성의 프롤락틴 함유량은 남성보다 60퍼센트나 더 높았으며, 남성의 눈물은 여성의 눈물보다 0.5도 정도 온도가 낮았다.

따라서 존 웨인이나 눈물을 연약함의 표시로 간주하는 모든 남자들은 완전히 착각하고 있는 것이다. 과거에 눈물은 싸우겠다는 표시였다. 정평 있는 과학 이론에 의하면, 원시인들은 마른 땅 위에서 적에게 공격을 당한 경우 싸울 준비를 하면서 눈물을 흘려 눈에서 먼지를 씻어냈다고 하는데, 이는 싸움을 위해 더 나은 시야를 확보하기 위함이었다. 그와 더불어 젖은 눈빛은 도움을 필요로 한다는 신호가 되기도 했다.

여자들은 남자들보다 더 친절하다

틀린 말이다. 여자들이 더 친절하다는 인상을 주는 것은 단지 자주 미소짓기 때문이다. 필라델피아 템플 대학교 심리학과의 마크 S. 채플 교수가 거의 16,000명에 달하는 남성과 여성, 그리고 어린이들을 대상으로 조사한 결과 이러한 사실을 확인했다. 여자들은 자신의 진짜 감정을 숨기고 다른 사람들에게 좋은 인상을 심으려 하기 때문에 남자들보다 더 자주 미소짓는다. 열 살 이하의 어린이들이 가장 자주 미소지었으며, 이 점에서 남자아이와 여자아이의 차이는 별로 없었다. 남녀간의 차이는 20세에서 30세 사이에 처음으로 나타났는데, 이 연령층에 있는 여성의 41퍼센트가 미소를 짓고 있었던 반면, 미소짓는 남성의 얼굴은 단지 30퍼센트에 불과했다.

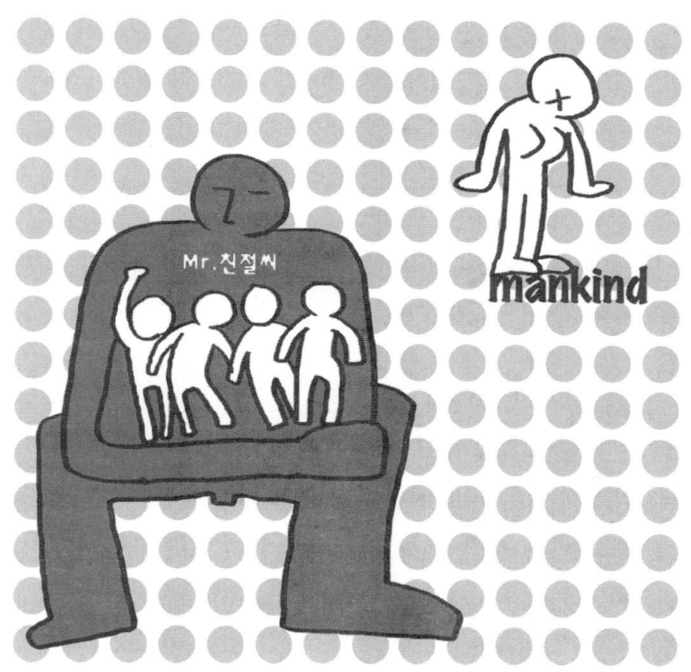

Mr.친절씨
mankind

여자들이 남자들보다 더 빨리 늙는다

틀린 말이다. 남자들은 원숙해지는 반면 여자들은 늙는다고 흔히들 얘기하지만, 실제로는 남자들이 여자들보다 더 빨리 늙는다.

이에 대한 원인은 남성 호르몬인 테스토스테론에 있다. 테스토스테론은 근육을 활성화시키지만, 혈중 지방 수치와 신진대사 전반에는 이롭지 못하다. 테스토스테론은 또한 생체 시계의 리듬을 빠르게 한다. 이에 반해 여성 호르몬인 에스트로겐은 심근 경색과 뇌졸중의 후유증, 골 위축 그리고 육체적인 피로 현상을 막아준다. 노년기에 뇌하수체의 호르몬 분비도 여성이 남성보다 더 왕성하다. 그밖에도 여성의 송과선은 잠을 촉진하고 생명을 연장시키는 물질로 여겨지는 멜라토닌을 더 많이 생산하며, 여성의 뇌하수체는 뼈와 근육을 형성하고 도핑 약제로 머릿기사를 장식하기도 하는 성장 호르몬인 소마토트로핀을 더 많이 분비시킨다.

연구 결과에 의하면, 남성의 뇌는 여성의 뇌보다 빨리 닫히며,

뇌 물질도 시간이 지남에 따라 더 많이 상실된다고 한다. 여성의 뇌는 여성 호르몬 덕분에 급격히 붕괴되지 않지만, 남성의 뇌는 그렇지 못하다는 것이다.

노년기에 뇌에 공급되는 혈액량은 남녀 모두 같은 정도로 줄어드는데, 여성의 뇌는 현명하게도 이와 동시에 신진대사를 줄인다. 이에 반해 남성은 이미 태어날 때부터 뇌의 혈액 공급량이 여성보다 적음에도 불구하고, 노년기에 다시 이 공급량을 줄이는데, 어리석게도 이와 더불어 신진대사를 줄이지는 않는다. 따라서 생각을 집중할 때 나오는 신진대사의 폐기물들은 여성의 뇌에서 더 원활하게 반출된다. 이에 반해 남성의 뇌는 처리되지 못한 생각의 찌꺼기들로 인해 점점 더 막히게 된다.

구매하는 일에 빠진 여자는 중독증에 걸린 것이다

맞는 말이다. 미국의 심리학자 로널드 페버는 전혀 필요하지 않은 물건을 사는 여자들의 경우 신경전달물질이 불안정하다는 사실을 밝혀냈다.

아주 작은 이 전달물질은 뇌 속에서 신경 세포들간의 정보 전달을 담당한다. 이 물질이 불안정하면 기분의 동요가 일어나고, 다시 중독과도 같은 구매 행위를 불러온다. 쇼핑 중독에 빠진 여자들과 다른 중독증을 앓고 있는 사람들에 대해 호르몬 조사를 한 결과, 이들은 비슷한 호르몬 수치를 보이고 있었다. 쇼핑 중독에 빠진 여자들은 비싼 의류나 장신구 혹은 화장품을 구매하거나 판매 직원과의 집중적인 대화를 통해서 잠깐 동안 기분이 고조된다. 이러한 기분 고조를 통해 뇌는 생화학적인 균형을 되찾는 것이다. 하지만 이러한 효과는 그것이 생길 때와 같이 금방 사라지며, 곧바로 또 다른 구매 욕구에 빠지게 된다. 자동차 구매에 관한 조사와 같은, 남자들에 대해 이와 비교할 수 있는 연구는 아직 시행되지 않고 있다.

공구를 사용하는 집안일에 있어서 여자들은 남자들만 못하다

남성우월주의적인 말로 들릴지 몰라도, 이는 맞는 말이다. 실제로 남자들이 공구를 사용하는 집안일은 더 잘한다. 남자들이 여자들보다 더 나은 눈과 손의 협력 체계를 갖고 있기 때문이다.

공구를 사용하는 집안일은 남녀 모두에게 있어 오른쪽 뇌를 사용하는 일이다. 오른쪽 뇌에는 무엇보다 기계적인 부분들을 조립할 수 있게 하는 공간표상능력이 자리잡고 있다. 여성의 경우와는 다르게 남성의 오른쪽 뇌와 왼쪽 뇌는 서로 밀접하게 연결되어 있지 않으며, 따라서 남성은 단지 한 쪽 뇌의 도움만으로 과제를 수행하는 능력이 뛰어나다.

한 연구 결과에 따르면, 남성은 오른쪽 눈을 가리고 왼쪽 눈으로만 정보를 받아들이는 경우에 공구를 사용하는 일들을 특히 훌륭하게 수행한다고 한다. 왼쪽 눈은 정보들을, 공간표상능력을 관할하는 중추가 있는 오른쪽 뇌에 전달한다. 여성의 경우 어느 쪽 눈을 가리든지 결과는 똑같은데, 여성의 뇌는 항상 양쪽 뇌반구를 모두 사용하여 문제를 해결하려 하기 때문이다.

남자들이 흘리지 말아야 할 거라는 말도 또 있다

자신이 처음 간 곳의 길을 잘 알지 못함을 인정해야 하는 경우, 남자들은 지적인 열등감을 느낀다.

남자들이 우수한 성이다

틀린 말이다. 생물학적으로 여성이 남성보다 훨씬 뛰어나기 때문에 남자들이 우수한 성이라는 말은 매우 부당하다. 남성은 여성보다 유전적으로 취약하게 구성되어 있는데, 이는 유전자 때문이다.

과거의 세계관은 단순했다. 예를 들어 고대 시대에 사람들은 정액에도 우수한 것과 그렇지 못한 것이 있으며, 남자들은 당연히 우수한 정액에서만 나올 수 있기 때문에 더 우수한 성이라고 생각했다. 그러나 고대 그리스 사람들의 이러한 생각은 전적으로 잘못된 것이었는데, 남성의 Y염색체는 본래 여성의 X염색체에서 나왔기 때문이다. 다시 말해 남성은 사실상 여성의 유전질에서 나왔다.

만약 남성적인 유전 인자나 여성적인 유전 인자만으로 뇌가 형성되는 경우 어떤 일이 일어나는지를 밝히기 위해, 캠브리지 대학교의 유전공학자들은 쥐의 태아를 조작했다. 쥐 태아들 중 한 그룹은 남성적인 유전 인자만을, 다른 그룹은 여성적인 유전 인자만을 갖게 되었다. 그 결과 남성적인 유전 인자를 지닌 태아들은 매우 거대한 몸과 생식기를 갖게 된 반면, 머리는 매우 작았다. 이에 반해 여성적인 유전 인자를 지닌 태아들은 머리가 매우 커졌으며, 그 속의 뇌도 또한 거대했다.

이러한 결과는, 순수하게 남성적인 유전자들이 섹스나 공격성, 배고픔, 목마름을 관할하는 원시적인 뇌 부위만을 조종하는데 반해, 순수하게 여성적인 유전자들은 지적인 능력과 관련된 근대적인 뇌 부위인 대뇌를 형성한다는 사실에 기인하는 것이다.

남성의 X염색체가 여성의 경우와는 달리 두 개가 아니고 하나뿐이라는 사실은 남자들을 취약한 성으로 만들고 있다. 직접적으로 생명에 중요한 염색체들 중의 하나가 손상된 경우, 이로 인해 중대한 질병이 야기될 수 있기 때문이다. 이런 위험성은 전적으로 남성에게서만 나타나며, 이에 반해 여성은 자신의 두 번째 X염색체를 사용할 수 있다. 어떤 염색체의 텍스트가 작업 지침으로 사용될 수 없는 경우, 세포들은 곧바로 그와 똑같은 두 번째 염색체를 본보기로 사용한다. 남성에게서만 발병하는 모든 질병들의 원인은 X염색체의 결함에 있다. 이러한 질병으로는 혈우병과, 천 명 중에 한 명 꼴로 발병하기 때문에 전적으로 심각하게 받아들여야 할 '남성의 정신 박약' 등이 있다.

몇몇 학자들은 심지어 여성의 유전질은 중요한 정보들을 담고 있는 컴퓨터의 하드 디스크에 비할 수 있는 반면, 남성의 유전질은 실제로는 쓸모없지만 자료들을 잃어버린 경우에 필요한 백업 디스크에 비유할 수 있다고 말한다. 남성에게는 힘겨운 시대이다.

 남과 여에 관한 진실과 거짓

남자들에게는 외디푸스 콤플렉스가 있다

틀린 말이다. 지그문트 프로이트가 모든 남자들이 공통적으로 겪고 있다고 얘기한 외디푸스 콤플렉스는 존재하지 않는다.

프로이트에 따르면, 남자아이는 3세에서 6세 사이에 자기 엄마에 대한 사랑에 빠지게 되고, 아버지를 죽이고 싶다는 생각을 마음 속에 품는다고 한다. 따라서 아이가 나쁜 짓을 생각하거나 실행하지 않을까 늘 세심하게 살피는 초자아는 아이를 심하게 질책하고 일생 동안 괴롭히기 때문에, 아이는 평온함을 누리지 못하게 된다는 것이다. 프로이트는 이러한 근친 상간에 대한 욕망을 '신경증의 핵심 콤플렉스'로 간주했으며, 소포클레스의 비극 작품에 구애받지 않고 외디푸스 콤플렉스라는 말을 만들어냈는데, 이는 사회적 금기를 통해서만 절제될 수 있다는 것이다.

프로이트와 동시대 사람이며, 사회학자이자 인류학자인 에드워드 웨스터마르크는 이미 1891년에, 우리가 친척과는 성 관계를 갖지 않는 사실에 대한 단순한 생물학적 이유를 발견했다. 우리는 친척에게서 성적인 매력을 느끼지 못한다는 것이다. 이는 프로이트의 이론보다 더 납득할 만한 이론이다. 인간이 친척에게서 성적인 매력을 느낀다면, 사회적 금기가 무엇을 얘기하든지 간에 근친상간은 확실히 일상적인 일이 될 것이다.

지그문트 프로이트가 모든 남자들이 공통적으로 겪고 있다고 얘기한 외디푸스 콤플렉스는 존재하지 않는다.

프로이트는 아이가 자기와 다른 성의 부모에게서 처음으로 강한 성적 매력을 느낀다고 확신했다. 사회가 금지령을 통해 보호자 역할을 하지 않는다면 근친 결혼이 빈번해지고, 사람들은 그 결과 유전적인 결함으로 고통을 겪게 된다는 것이다. 하지만 프로이트의 이러한 이론은 다음 두 가지 사항을 전제로 하고 있으며, 이는 입증되어야 할 필요성을 지니고 있다. 다시 말해 프로이트는 매력을 늘 한결같이 성적인 매력으로 여겼으며, 사람들은 일반적으로 근친상간적인 욕망을 갖고 있다고 생각했다.

그러나 근친 상간을 피하는 가장 간단한 방법은 도덕적으로 매장시키는 데에 있는 것이 아니라, 어린 시절에 가까이 지냈던 사람들에게서는 일반적으로 특별한 성적 매력을 느끼지 못한다는 사실에 있다. 친척들끼리 서로 떨어져서 자란 경우 이들은 서로를 반드시 친척으로 여길 수는 없으며, 따라서 의식적으로 근친 상간을 피할 가능성도 없다. 하지만 이들은 단순한 심리적 규칙을 사용할 수 있는데, 이 규칙은 백이면 아흔 아홉의 경우 근친 상간적 결합을 막는 데에 쓸모가 있다. 다시 말해 이들은 아주 어린 시절부터 잘 아는 사람들과 성적인 관계를 맺는 것은 피할 수 있다는 것이다.

만약 프로이트의 이론이 옳다면, 근친 상간은 남들이 눈치채지 못하게 일어날 것이다. 역사에서 보듯이 인간은 금지령에도 불구하고 자신이 원하는 일들을 하지 못했던 것은 아니기 때문이다. 이에 반해 서로 떨어져서 자란 친척들이 서로에 대한 사랑에 빠지기도 하지만, 어릴 적 친구와 사랑에 빠지는 경우는 드물다는 사실은 웨스터마르크의 이론을 뒷받침하고 있다.

남성의 배우자 선택은 언제나 자신의 어머니와 관련이 있다

심술궂은 사람들이 이를 주장하고 있는데, 이 말에는 일리가 있는 듯이 보인다. 캠브리지 소재 베이브러햄 연구소의 학자들은 숫양과 숫염소가 섹스를 할 때 자기 어미와 닮은 암컷을 선호한다는 점을 입증했다. 학자들에 따르면, 이러한 태도는 인간에게서도 관찰된다는 것이다. 남성이나 숫양, 숫염소에 있어서 이러한 재인식은 주로 얼굴 모습에 따라 이뤄진다고 한다.

베이브러햄 연구소의 생태학자인 케이트 켄드릭과 그의 연구진은 양들과 염소들을 각기 다른 종의 양모 곁에서 자라도록 했으며, 이 양들과 염소들이 성적인 성숙기에 이른 후부터 몇 년 동안 이들의 사회적이고 성적인 성향들을 관찰했다.

그 결과 어린 수컷 중 90퍼센트가 다른 종의 암컷들에게, 다시 말해 그들 양모의 친척들에게 성적으로 이끌렸다. 암컷 새끼들의 경우는 반응이 완전히 달랐다. 암컷들이 양모의 인상을 뚜렷하게 간직한 기간은 기껏해야 한 살에서 두 살 때까지였다. 한 살 때에는 암컷 중 약 60퍼센트가 다른 종의 수컷과 관계를 맺었으나, 이런 현상은 염소의 경우에는 이미 두 살 때에, 그리고 양의 경우에는 세 살 때에 사라졌으며, 생물학적으로 친척 관계에 있는 수컷들을 더 좋아하게 되었다. 실제 파트너를 이용한 실험과 병행하여 양과 염소의 암컷과 수컷 사진들을 이 동물들에게 보여주었는데, 이 때에도 비슷한 반응들이 나왔다. 양과 염소의 수컷들 중 거의 100퍼센트가 양모와 같은 종의 암컷들에게 특별한 애정을 보인 반면, 암컷 양들과 염소들의 경우 이러한 선택은 그다지 뚜렷하지 않았다.

양과 염소의 수컷이 양모에 대해 암컷보다 더욱 뚜렷한 인상을 갖고 있는 데에는 명백한 이유가 있다고 켄드릭은 생각했다. "수컷들은 자신의 유전 형질을 희석하지 않은 상태로 후세에 전하려 애쓴다. 어미와 닮은 데가 있는 암컷은 바로 특정한 유전적인 일치를 암시하고 있는 것이다."

메추라기 수컷에게서도 이와 비슷한 현상이 확인된다. 학자들은 메추라기 수컷 한 마리를 암컷 여러 마리와 함께 같은 새장 속에 넣어 수컷이 암컷 중 어느 것과 많은 시간을 보내고 교미를 하는지 관찰했다. 그 결과 수컷이 여러 마리의 암컷 중에서 배우자를 고를 수 있는 경우, 수컷은 일촌 관계에 있는 암컷을 삼촌 관계에 있거나 자신과 전혀 인척 관계가 없는 암컷보다 더 좋아함을 확인했다. 추측컨대 메추라기 수컷은 자라는 동안 자기 자매나 어미의 모습을 머리 속에 새기고, 이 모습과 닮은 교미 상대를 찾는

듯하다. 수컷 쥐들은 외모보다는 오히려 체취를 통해서 파트너를
선택한다. 한 실험에서 부모인 쥐들에게 '비올레타 디 파르마' 향
수를 여러 번 뿌렸는데, 수컷 새끼 쥐들은 교미시기에 들어서자
똑같은 향수를 뿌린 파트너를 찾았다.

남자들은 소변을 보면서 다른 사람과 페니스 크기를 비교한다

틀린 말이다. 소변을 볼 때 남자들은 자신의 사생활권을 중요하게 여긴다.

미국의 한 대학교 화장실에서 있었던 현장 실험에서 학자들은 칸막이 뒤에 숨은 채 남자들이 소변기 앞에서 겪는 스트레스를 측정했다. 그 결과, 다른 사람과 같이 서서 오줌을 누는 것은 스트레스가 되며, 남자들은 가능한 한 방해받지 않고 소변을 보고 싶어 한다는 사실을 확인했다. 소변기가 다섯 개 있는 화장실에서 새로 들어온 사람들 중 50퍼센트는 기본적으로 옆 사람과 변기 하나를 사이에 두었고, 나머지 50퍼센트는 심지어 더 넓은 간격을 두고자 했다. 또한 학자들은 소변이 나오기까지 걸리는 시간을 스톱 워치로 측정했는데, 옆 사람과 조밀하게 서 있을수록 그 시간은 더 오래 걸렸다. 남자들은 다른 사람이 변기 하나를 사이에 두고 소변을 보는 경우, 변기 두 개나 세 개를 사이에 두고 소변을

볼 때 보다 더 늦게 소변을 보기 시작해서 더 빨리 멈추었는데, 이
는 심리적 압박으로 말미암은 것이었다.

남자들은 변기에 오줌을 누지 않고 그 주변에 흘린다

맞는 말이다. 여성 운동 기관지인 '에마'도 1987년 남성의 소변 습관에 손을 들었다. "남자들은 어느 상황에서도 소변을 본다. 단지 남자들은 근본적으로 앉아서 소변을 보지 않을 뿐이다. 여자들의 환심을 사기 위해 몇 년 동안 변기 위에 앉아서 소변을 보던 다정다감한 남자들도 그 사이에 다시 일어섰다. 이들은 이처럼 다시 소변기 앞에 서서 실제로 현존하는 남자들만의 유머와 화장실 낙서에 즐거워한다."

이미 1992년에 있었던 한 인상 깊은 심리학 연구는, 남자들이 변기 주위에 소변을 흘리는 까닭은 삶의 각 상황 속에서 필요로 하는 목표를 단지 화장실에서는 갖고 있지 않기 때문이라는 사실을 밝혀냈다. 남자들의 소변 태도를 알아내기 위해 암스테르담의 스키폴 공항에서 있었던 처음이자 지금까지 유일한 현장 실험에서 심리학자들은 백 개의 남자 화장실에 살아있는 듯한 집파리의 그림을 그려 넣은 소변기를 설치하게 했다.

남자들이 변기 주위에 소변을 흘리는 까닭은
삶의 각 상황 속에서 필요로 하는 목표를
단지 화장실에서는 갖고 있지 않기 때문이다.

물론 이러한 조치를 취하게 한 것은 학문적인 호기심보다는 경제적인 필요성 때문이었다. 남자들이 하도 변기 주위에 소변을 흘려서, 이를 청소하는 비용이 매년 9백만 마르크에 달했다. 면세 지역만 하더라도 매일 서른 번 청소를 해야 할 정도로 많은 남자들이 소변을 흘렸다.

작은 파리가 커다란 효과를 가져 왔다. 변기 속에 그려 넣은 파리는 남성의 킬러 본능을 자극했고, 그 이후 청소거리가 줄어들었다. 그 결과 청소 비용은 20퍼센트나 감소했다.

남자들이 여자들보다 계획을 더 잘 세운다

틀린 말이다. 어쨌거나 보편적으로 그런 것은 아니다. 여자들은 얘기만 하고 남자들은 실행에 옮긴다는 점을 남자들은 흔히 내세운다. 그러나 뇌 연구가들의 견해에 따르면 남자들은 단기 계획은 더 잘 세우는데 비해, 모든 여성의 절반 가량은 복잡한 과제를 해결하는데 있어 남자들보다 유전적으로 더 나은 장비를 갖추고 있다고 한다.

뇌 연구가들은 장기 계획을 세우는 일은 전두전피질이라고 부르는 뇌 부위에서 주로 일어난다는 점을 발견했다. 이 어려운 명칭은 외부 뇌피질의 앞이마 쪽 부분, 다시 말해 눈썹 바로 뒤에 있는 부분을 가리킨다. 이 부위에서 수많은 단위 정보들을 처리하고 정리하는 일, 다시 말해 가정을 하고 미래에 대한 계획을 세우는 일이 조정된다.

남자들은 이 부위를 여자들만큼 많이 사용하지 않는다. 남자들은 세부 사항에 관심을 집중시키고, 곧 이어 정보들을 세세하게 나누는데, 이는 문제를 단계적으로 해결하기 위해서이다. 반면에 여자들은 수많은 단위 정보들을 더 잘 조정하고 전체로 규합할 수 있다.

모든 여성의 절반 가량은 전두전피질이 남자들 것보다 더 잘 발달되어 있으며, 크기도 더 크다. 이를 통해 이 여성들은 남자들 보다 더 많은 양의 자료들을 받아들일 수 있고, 개별 요소들의 연결도 더 잘 하며, 전체적인 맥락에 따라 평가도 더 잘 할 수 있다. 이러한 사실은 심리학자들도 입증하고 있는데, 이들은 여성이 남성보다 문제들을 더 복합적으로 바라본다고 얘기한다. X염색체에 있는 하나의 유전 인자 내지는 유전 인자 그룹이 이 뇌 부위의 형성에 영향을 미친다. 남성의 경우 이 유전 인자는 성이 결정될 때 뇌 안에 가득 차게 되는 남성 호르몬에 의해 억제되지만, 모든 여성의 절반 가량에 있어서 이 유전 인자는 활성화된다. 이는 여자들이 장기 계획을 더 잘 세우는데 반해, 남자들의 뇌는 단기 계획을 세우는 데 있어 더 효율적으로 일함을 의미한다.

남자들은 자기 코 앞에 놓인 것을 보지 못한다

맞는 말이다. 남자들은 2차를 하러 가는 술집은 잘 찾아도, 냉장고 안에 있는 마가린 통은 잘 찾지 못한다는 상투어에 대해 근거를 제공하는 단순한 설명이 있다. 남성은 여성에 비해 제한된 시야를 갖고 있다는 것이다.

이러한 사실은 이를 확인하기 위해 특별히 개발된 기구로 측정한 결과 입증되었다. 여자들의 시야는 수치가 낮은 경우에도 코를 중심으로 좌우 최소 45도의 반경에 달한다. 최고 수치는 심지어 180도, 다시 말해 소위 사방시계四方視界에 이른다. 여자들은 사소한 것 하나하나를 다 본다는 원망을 자주 듣는다. 남성의 경우 평균 수치는 훨씬 낮으며, 남성의 시야는 오히려 터널 안을 보는 일이나 초점을 맞추는 일에 적응되어 있다. 이 점은 남자들이 아직 코뿔소를 사냥하고 동굴 생활을 하던 시대에 매우 유용했다. 이를 통해 남자들은 멀리 있는 목표물을 겨누고 추적할 수 있었다.

이러한 남녀간 시야의 차이는 현대 문명사회에서 여러 가지 다

툼을 불러일으킨다. 남자들은 직선 시야에 있는 물건들은 아무런
문제없이 인식하지만, 코끝의 왼쪽이나 오른쪽에 있는 대상물을
인식하는 데에는 어려움을 겪는다. 여자들의 경우는 이와 다르다.
여자들은 냉장고 속의 내용물을 한 눈에 파악할 수 있지만, 남자
들은 이를 위해 머리를 상하좌우로 움직여야 한다.

남자들은 길을 묻기보다는 차라리 이리저리 헤맨다

맞는 말이다. 자신이 처음 간 곳의 길을 잘 알지 못함을 인정해야 하는 경우, 남자들은 지적인 열등감을 느낀다는 사실이 과학적으로 입증되었다.

미국의 버지니아 과학기술연구소는 '남성 역할 스트레스' 라는 연구에서 남성에게 스트레스를 유발하는 상황들을 체계적으로 분류했다. '지적인 열등감' 부문에서 가장 큰 스트레스 요인은 길을 잃어버렸을 때 길을 묻는 것이었다. 그 뒤를 이은 스트레스 요인은 '여성해방주의자와 얘기하는 것' 이라든지, '약아 빠진 사람들과 일하는 것' 또는 '병이 난 자녀와 하루 종일 집에서 시간을 보내는 것' 과 같은 두려움을 불러일으키는 상황들이었다.

게다가 남자들은 길을 잃었다는 사실을 여자들보다 늦게 깨닫는다. 남자들은 운전을 하거나 산보를 할 때, 그 지역의 특징적인 장소에 의존하기보다는 자신의 운동 감각이나 방향 감각에 따라 길을 찾는다. 따라서 남자들은 길을 잃은 사실도 매우 늦게 깨닫게 된다. 이에 반해 여자들은 특징적인 장소에 의존하여 방향을 찾기 때문에, 모르는 지역을 달리고 있다는 사실을 금방 깨닫는다.

생물학자들은 이러한 유별난 특징에 대한 이유로, 남성이 수백만 년 동안 아프리카 사바나에서 사냥을 해왔다는 점을 들고 있다. 남성의 생명은 긴 도보 여행 후 집으로 돌아오는 길을 찾는 능력에 달려 있었다. 누가 집으로 돌아오는 길에 멈춰 서서 다른 남자나 곰에게 길을 물었다면, 이들은 아마도 몽둥이로 그의 머리를 쳐서 전리품을 빼앗았을 것이다.

남자가 밥을 살 때에는 속셈이 있다

맞는 말이다. 무료 시식 제공은 자연 속에 널리 퍼져있는 전략이다. 이 점에서 몇몇 곤충들은 참으로 대가다운 모습을 보이고 있다. 예를 들어 검정 무늬 재니등에 수컷은 길 위를 지나가는 암컷을 유혹하기 위해 수액을 미끼로 내놓는다. 암컷이 예기치 않은 맛있는 음식을 맛보는 동안 수컷은 암컷 뒤에 올라타고 교미한다. 특히 교활한 점은 암컷이 먹는 동안 교미가 끝나게 되면, 수컷은 암컷으로부터 미끼를 다시 빼앗아 그것으로 다른 암컷을 유혹한다는 사실이다.

또 다른 종루의 파리는 숲 속 흙 위에서 진딧물이나 다른 곤충을 잡은 후, 자기 몸의 뒷부분에서 방향 물질을 분비하여 주변을 날고 있는 암컷에게 사냥 성과를 알린다. 암컷이 포획물을 먹을 때 수컷은 이를 교미 기회로 이용한다.

제비갈매기 수컷은 암컷에게 자주 먹이를 물어다 주며, 침팬지 수컷은 자기가 사냥한 동물의 고기 조각을 암컷에게 준다. 물론 침팬지 수컷은 자기가 선물한 것에 대해 그에 상응한 대가를 기대한다.

동물세계에서 알게 된 지식이 무조건 인간에게 적용되지는 않을 것이다. 그럼에도 불구하고 인류학자인 헬렌 피셔의 견해에 따르면, 교미를 위해 먹이를 주는 것은 남자들이 부양자로서 자신의 능력을 과시하고, 번식할 자격이 있음을 드러내기 위해 행하는 아주 오래된 의식이라는 것이다.

왜 여자가 남자의 페니스를 부러워할까

"내가 오르가즘을 느꼈는지 여부를 남편이 항상 알려고 하는 것은 정말 끔찍한 일이다. 이제부터는 나도 사정(射精)을 해야 하기 때문이다"

여성의 생리주기는 달의 순환주기에 따라 결정된다

틀린 말이다. 여성의 생리주기나 달의 순환주기 모두 각기 28일에서 30일 사이에 있게 되는 것은 사실이지만, 이것이 곧 둘 사이의 밀접한 연관성을 의미하는 것은 아니다.

그럼에도 불구하고 여성의 생리주기가 달의 순환주기에 따른다는 주장이 밀교密敎 그룹에서뿐만 아니라 다른 곳에서도 계속해서 제기되고 있는데, 이런 주장은 달과 관련된 수많은 신화들에

> 달의 탓으로 돌릴 수 있는 유일한 영향력은 달빛뿐이다.
> 물론 예전에는 밤마다 달빛에 따라
> 칠흑같이 캄캄하거나 밝은 정도의 차이가 뚜렷했었다.

근거하고 있다. 속설에 의하면, 달 없는 밤에는 살인자들이 돌아다닌다고 한다. 또한 로마의 티베리우스 황제는 대머리가 되는 것이 두려워 초승 직후에만 이발을 했다고 하는데, 머리카락이 이 시기에 가장 왕성하게 자라기 때문이라는 것이다. 아랍의 의사들은 13세기에 달의 효력에 관해 많은 논문들을 썼다. 그들은 초승 직후에 환자들에게 사혈瀉血법을 곧잘 사용하곤 했는데, 이 시기에 신체는 피를 새로 생성하기 위한 가장 좋은 여건을 갖추고 있다고 믿었기 때문이다.

이런 종류의 널리 유포된 미신을 대하는 경우, 그 뒤에는 어떤 참된 내용이 숨어 있음을 알아채야 한다. 월경Menstruation이란 단어는 '달'을 뜻하는 라틴어 단어 '멘시스mensis'에서 온 것이며, 아프리카나 인디언 종족들은 월경을 '달'이라 부르고 있다. 달은 여성의 생리주기와 똑같이 늘 반복해서 커지고 작아지는 것을 보게 되는 유일한 천체이다. 그 때문에 달은 예로부터 생식능력이나 주기적인 반복, 여성다움의 상징으로 여겨지고 있다.

그러나 달 주기와 여성의 생리주기 사이의 공통점은 순전히 우연이며, 그것도 시간적 길이에만 국한된다. 이 둘 사이의 공통점에 관한 선입견이 오늘날까지도 계속되고 있지만, 이 사실은 이미 200년 전에 밝혀진 사항이다. 여성의 생리주기와 달 모양 사이의 관계를 다룬 연구는 이미 1806년 프랑스에서 있었는데, 연구 결과에 따르면 둘 사이에는 아무런 관련도 없다고 한다. 쥐나 코끼리와 같은 다른 포유동물의 생리주기는 달의 모습이 바뀌는 것과는 전적으로 차이가 있지만, 이들 동물도 잘 번식하고 있다.

 남과 여에 관한 진실과 거짓

산부인과 의사인 호제만은 1950년대에 달이 여성의 생리주기에 미치는 영향에 관해 그 때까지 나온 연구들을 근본적으로 분석했는데, 그 결과는 200년 전의 연구 결과와 같았다. 다시 말해 보름 때에 여성의 배란이 이뤄지고 초승 때에 여성이 월경을 한다는 속설은 사실이 아니라는 것이다. 여성의 생리주기와 달 모양 사이의 그럴듯해 보이는 관계는 순전히 우연이라는 얘기다.

새로운 과학 전문 분야인 시간생물학도 그에 관한 설명을 내놓고 있다. 여성의 생리주기가 달의 순환주기와 정확히 일치한다는 사실은 보름달 빛이 인간의 호르몬 체계에 분명한 영향력을 갖고 있다는 사실과 관계가 있으며, 빛의 입사가 약한 경우 호르몬 체계는 활성화된다는 것이다. 보스턴 대학교 생물학 교수인 에드워드 드윈도 1960년대에 이 사실을 증명했다. 그는 생리주기가 불규칙한 여성들을 대상으로 생리시기 중 사흘이나 나흘 밤 동안 전구를 켜놓고 잠을 자게 했는데, 그 후 생리주기가 정상으로 돌아오는 효과를 보았다는 것이다.

달의 탓으로 돌릴 수 있는 유일한 영향력은 달빛뿐이다. 물론 예전에는 밤마다 달빛에 따라 칠흑같이 캄캄하거나 밝은 정도의 차이가 뚜렷했었다. 그 때문에 예전에는 여성의 배란이 아마도 주로 보름 때에 이뤄졌고, 생리는 초승 때에 있었나 보다. 하지만 이러한 사실도 전기 불빛을 사용하는 오늘날에는 더 이상 의미가 없다.

보름 때에 여성의 생식 능력은 왕성해진다

이 역시 틀린 말이다. 출산이 가능한 여성들은 모두 보름 때에 생식 능력이 왕성하고 초승 때에는 월경을 한다는 속설은 이미 고대 마야인이나 이집트인, 로마인, 그리스인들 사이에 소위 국제적으로 공통된 것이었다. 아기 예수를 가진 마리아에 관한 이야기에서도 달은 종종 그 근간을 이루고 있다. 하지만 전장에서 살펴본 바와 같이, 달과 여성의 임신 가능일 사이에는 아무런 관련도 없다.

이탈리아 남부 지방에서는 가슴 크기에 만족하지 못하는 여성들이 달빛 밝은 밤에 가슴을 드러내고는 "성스러운 달과 별이여, 제 가슴을 커지게 해 주세요!"라는 기원을 아홉 번 말한다고 한다. 이는 생식 능력과는 별로 관련이 없으므로 이 여성들에게 거의 도움이 되지 않을 일이지만, 어쨌거나 아름다운 풍습이라 하겠다.

예로부터 달은 여성적인 규범과 성적 능력, 생식 능력의 상징으로 여겨져 왔다. 남성을 상징하는 태양에 대한 반대 개념으로 말이다. 하지만 독일어에서 달은 서남 아시아나 유럽 대부분의 언어에서와는 달리 남성이며, 태양은 여성이다. 이러한 사실은 햇볕이 강한 지중해 연안 지방에서는 낮 동안의 열기가 성가신 반면, 달이 뜨는 저녁때의 선선함은 원기를 회복시키고 부드러움이라는 여성적 특성에 잘 맞는다는 점에 근거하고 있다. 이에 반해 위도상 독일과 같은 위치에 있는 추운 지역에서 달은 밤의 성가신 추위의 원인이 된다.

그럼에도 불구하고 초승이나 그믐 때보다 보름 때에 여성의 생식 능력이 더 왕성해지는 것은 아니다. 번식력이 달 모양과 직접적인 관계가 있는 동물들, 다시 말해 보름달이 바로 번식을 위한 표지인 것처럼 여겨지는 동물들도 있다. 그러나 여기에는 그만한 합리적인 이유들이 있다. 예를 들면, 바다 동물들은 주로 보름 때에 알을 낳는데, 이를 통해 한사리의 높은 수위를 이용할 수 있기 때문이다. 이처럼 원인은 분명히 밀물과 썰물에 있는데, 물론 밀물, 썰물도 또한 달의 모양에 따라 달라지는 것이기는 하다. 그러나 썰물 때에 산란하는 것이 유리했다면, 물고기들은 썰물 때에 알을 낳았을 것이다. 달과는 상관없이 말이다.

번식을 위해 달빛이 실제적으로 결정적인 역할을 하는 동물들도 있다. 특정 종류의 하루살이는 보름달이 뜬 밤에만 부화하는데, 암컷과 수컷의 동시적 부화를 통해 짝짓기와 종의 보존이 이뤄진다. 이는 이들 하루살이의 수명을 고려해 볼 때 확실히 현명한 선택이다. 벌레들과 특정 어류의 생식 능력 또한 달의 변화하는 모습에 좌우되지만, 앞장에서 소개된 연구들이 입증했던 바와 같이 여성의 생식 능력은 달 모양에 따르지 않는다.

여성은 남성의 페니스를 부러워한다

틀린 말이다. 알리스 슈바르처*는 남근 선망이 근거없다는 사실을 벌써부터 알고 있었지만, 우디 알렌**은 여성이 남성의 페니스를 부러워 한다고 생각한 나머지 구제할 길 없는 여성기피증에 빠졌던 것 같다. 다시 말해 지그문트 프로이트가 모든 여성이 갖고 있다고 얘기한 남근 선망은 근거가 희박하다.

프로이트 박사는 완벽하거나 그렇지 못한 오르가즘에 관한 이론 이외에도 여자아이의 영혼 구제에 골몰했다. 그 결과는 놀라운 것이었다. 남자아이에게 있는 고추가 자기에게 없다는 발견은 여성 모두에게 어렸을 때의 결정적인 체험이라는 것이다. 여자아이의 주된 관심 대상은 처음에는 엄마이지만, 성적인 열망은 곧 아

---

* 독일 여성운동의 대모이자, 페미니스트 저널 '에마' 의 편집장. 1977년 '에마' 를 출간. 20여 년 동안 독일 여성운동의 대중화를 선도하며, 평화운동과 포르노반대운동을 적극적으로 실천해 옴. 대표적인 저서 『아주 작은 차이』(2001년 8월 이프) : 역자 주
** 본명은 알란 스튜어트 코니스버그(Allan Stewert Konisburg). 미국의 코미디언, 시나리오 작가, 영화배우 겸 영화감독. 영화 '애니 홀'로 아카데미상 수상 : 역자 주

빠에게로 향한다고 한다. "여성은 거세 사실, 다시 말해 페니스가 없다는 사실을 인식하고, 그로써 남성의 우월함과 자신의 열등함을 인정하게 된다. 그러나 여성은 이 달갑지 않은 실상에 거역하고 있다"라고 프로이트는 얘기한다.

심리학에 별 관심이 없는 독자라 하더라도, 프로이트에게 있어서 페니스는 피조물의 정점에 있는 남성 역할에 대한 표지였다는 점을 알게 될 것이다. 하지만 흥미롭게도 프로이트는, 남자아이가 성인 여성에게 있는 유방이 자기에게 없다는 사실을 알게 되면 어떤 행동을 할지, 이에 관한 자명한 질문을 하고 있지 않다. 남근 선망이 있다면, 유방 선망도 있어야 하지 않을까?

> 알리스 슈바르처는 여성의 남근 선망이 근거없다는 사실을 벌써부터 알고 있었지만,
> 우디 알렌은 여성이 남성의 페니스를 부러워 한다고 생각한 나머지
> 구제할 길 없는 여성기피증에 빠졌던 것 같다.

프로이트는 다른 많은 남성들처럼 더 큰 것이 더 나은 것이라고 생각했으며, 내적 가치는 중요시하지 않았을 가능성이 다분하다. 프로이트는 페니스에 반대되는 것이라 할 수 있는 클리토리스가 그리스어 의미에 있어서나 외관상으로 보이는 바와 같이 '작은 둔덕' 이상의 것임을, 다시 말해 클리토리스가 페니스보다 훨

씬 크다는 사실을 몰랐다는 점도 우리는 참작해야 한다.

호주의 외과 의사인 헬렌 오코너는 여성의 시신을 검시하던 중 프로이트 마음에는 들지 않았을 한 가지 흥미로운 사실을 발견했다. 클리토리스는 해부학 책에 통상적으로 기술되어 있는 것보다 최소 두 배 이상 크며, 신체 깊숙한 곳까지 이른다는 것이다. 클리토리스는 안쪽에서 피라미드 형태를 띤 해면조직 덩어리로 바뀐다. 9센티미터에 달하는 두 개의 돌기가, 양파 모양을 띠고 있으며 그중 일부가 질의 앞 벽에 붙어 있는 두 개의 또 다른 해면체로 연결된 채 몸 속 깊숙이 뻗어 있다.

프로이트가 가장 언짢아했을 사항은 여성도 발기한다는 점이다. 성적 흥분 상태에서 클리토리스는 발기하는데, 남성에게 있어 페니스의 유압장치 역할을 하며 그로써 본래의 측량 막대에 해당하는 해면체 구조는 심지어 남성보다도 여성 것이 더 성능이 좋다.

모든 남성에게는 진정 치명타일 것이고, 여성해방주의자에게는 위안이 될 것이다. 그러나 어쩔 것인가? 그 대신 남성의 54퍼센트가 귀를 움직일 수 있는 반면, 여성은 단지 22퍼센트만이 귀를 움직일 수 있다고 슈바르처는 말한다. 남성에게 위안이 되는 일인지는 모르겠지만……

G점을 자극함으로써 여성은 강한 오르가즘을 맛본다

틀린 말이다. 이 성적인 쾌감 부위의 존재에 관해서는 수십 년 동안 논란이 있었고, 이 부위가 실제로 존재한다는 것이 그 동안의 정설이다. 하지만 이 부위가 여성이 느끼는 쾌감의 진원지라는 해석은 매우 과대 평가된 것이다. 전문가들은 G점이 흔히들 얘기하듯이 여성의 신체에서 가장 쾌감에 민감한 부분은 아니며, 성을 다룬 여러 서적에 실려있는 것처럼 이 부분의 자극을 통해 극도의 오르가즘이 보장되는 것도 아니라는 데에 의견의 일치를 보고 있다.

G점의 발견자로 간주되는 사람은 독일의 산부인과 의사 에른스트 그레펜베르크인데, 그는 1950년 한 논문에서 '성적 흥분 상태에서 부풀어오르는, 요관을 따라 질 앞 벽에 위치한 성감대'에 관해 보고했다. 하지만 이미 17세기에 네덜란드의 해부학자 드 그라프가 이 부위에 관해 의학서적에 기술했던 적이 있기 때문에, 위의 말이 모두 맞는 것은 아니다. G점이 올바로 알려지게 된 것

은 1982년에 이르러서이며, 심리학자인 앨리스 라다스가 성 연구
가인 존 D. 페리와 비벌리 휘플과 함께 쓴 책인 'G점The G-Spot' 의
출간을 통해서이다.

그레펜베르크의 주장을 입증하는 연구 결과들이 이 책에 수록
되었고, 발견자를 기념하기 위해 이 부위에 'G점' 이라는 이름이
붙여졌다. 이 책으로 인해 미국에서는 많은 이들이 이 신비로운
부위를 찾아나서게 되었으며, 저술가들과 임상의들에게 많은 소
득을 안겨 주었다. 007영화를 상기시키는 다양한 기구들을 구매
할 수 있게 되었는데, 이 기구들은 바라는 절정에 이를 때까지 G
점을 자극하기 위한 것들이었다. 예를 들면, 전기 마사지 기구에
끼워 사용하는 G점 자극기구나, G점에 도달하기 쉽게 하는 굽은
모양의 대용 남근이 이에 해당한다. 하지만 아무도 이 기구들로
어느 부위를 자극해야 할지, 또한 G점이 정말로 존재하는지 정확
히 알고 있지 못했다.

그 동안 전문가들 사이에서는 일부 운이 좋은 여성들만이 G점
을 갖고 있는지, 아니면 모든 여성들이 G점을 갖고 있는지에 관
해서만 논란이 있었을 뿐이다. 후자의 의견이 더 큰 개연성을 갖
고 있는데, 다른 사람들이 갖고 있지 못한 것을 일부의 사람들만
갖기는 어렵기 때문이다. G점은 질 입구로부터 약 3에서 5센티미
터 떨어진 치골 바로 뒷부분에 위치한다는 것이 일치된 의견이
다. G점은 50원짜리 동전 크기만 한 민감한 부위로, 대부분의 경
우 윤곽만이 드러나며 클리토리스에서와 마찬가지로 말단 신경
들이 많이 모여 있는 두 개의 작은 돌기들을 지니고 있다.

G점을 자극함으로써 매우 강렬한 절정에 이르게 된다는 말은 정말 근거없는 얘기이다. 성의학자들에 따르면, G점은 자극을 가할 경우 느낄 수 있을 만큼 부풀어오르지만 모든 여성들이 G점을 민감하게 느끼는 것은 아니라고 한다. 1990년대에 독일에서 행한 한 조사에서 설문에 응답한 여성 중 8.4퍼센트만이 이 부위에 대한 접촉이 좋은 느낌이었다고 말했다. 다른 응답자들은 좋은 느낌이기는 했어도 이를 통해 오르가즘에 이르지는 않았다고 대답했다. 단지 몇몇 응답자들만이 G점의 자극을 통해 오르가즘을 여러 번 느끼는 놀라운 체험을 했다고 말했다. 어떻든지 간에 G점은 그를 누름으로써 곧바로 놀라운 오르가즘을 불러일으키는 스위치가 아니다.

여성도 사정할 수 있다

맞는 말로, 이 또한 남자들의 통념과는 어긋나는 사실이다. 학자들은 클리토리스가 페니스보다 크다는 사실뿐만 아니라, 사정이 이제까지 생각해온 것처럼 남성의 특권이 아니라는 사실도 밝혀냈다. 여성도 사정할 수 있으며, 심지어 일부 여성들은 남성보다 훨씬 더 많은 양의 체액을 분비한다.

"내가 오르가즘을 느꼈는지 여부를 남편이 항상 알려고 하는 것은
정말 끔찍한 일이다.
이제부터는 나도 사정(射精)을 해야 하기 때문이다"

고대 그리스와 중동 지방의 학자들은 이미 이 사실을 알고 있었으며, 이에 관한 독특한 가설들을 세웠다. 이 중 한 가설에 의하면, 임신하기 위해서는 남성뿐만 아니라 여성도 사정해야 한다는 것이다. 이 때 나오는 여성의 '체액'은 남성의 정액과 유사한 것으로 여겨졌다. 아리스토텔레스는 여성의 체액을 "남성에게서 뿐만 아니라 여성에게서도 쾌감이 최고조에 달하는 순간에 나오는 액체 분비물"이라고 서술하고 있다.

후대의 해부학자들은 여성의 체액에 관해 별다른 관심을 보이지 않았다. 17세기의 해부학자인 레니에르 드 그라프는 예외라 할 수 있는데, 그는 여성을 "능숙한 손길"로 자극하는 경우 어떻게 체액이 "센 압력으로 한꺼번에" 분출되는지를 관찰할 수 있었다.

여성의 사정에서는 남성의 경우처럼 정자가 나오는 것이 아니라 묽은 액체가 나오는데, 이 액체의 생물학적 기능에 관해서는 의견이 분분하다. 또한 이 액체가 정확히 무엇을 통해 생기는지도 아직 밝혀내지 못했다. 이에 반해 그 경로는 규명되었는데, 이 체액은 무색과 흰색 중간에 해당하는 묽은 액체로서 방요도선傍尿道腺에서 생성된다. 이 체액은 오르가즘에 이르렀을 때 요도 입구 바로 옆에 있는 두 개의 작은 구멍에서 분비된다. 사정하는 양에는 차이가 있다. 많은 여성들에게서는 흐를 정도로 양이 많지만, 소수의 여성들에게서는(소수 남성의 경우도 마찬가지지만) 단지 몇 방울 떨어지는 정도다. G점을 자극하는 경우(상기 부분을 참조할 것) 그 양은 특히 많아진다.

그러나 전문가들의 견해에 따르면, 이런 경험을 한 여성들은 극

소수에 불과하며, 남성과는 달리 여성은 절정에 오를 때마다 반드시 사정하는 것은 아니라고 한다. 이는 아쉬운 점이다. 전문가의 견해에 따르면, 여성의 사정은 최고조의 흥분에 달했다는 하나의 표시가 되기 때문이다. 다른 모든 경우와 마찬가지로 이 경우도 두 가지 측면을 지니고 있다. 펜실베이니아에 사는 서른 두 살의 한 여성은 미국의 한 잡지에 보낸 독자 편지에서 이 주제에 관해 다음과 같이 썼다. 그녀의 남편은 이러한 절정 상태를 경험한 이후 줄곧 그녀에게 "당신도 사정했어?"라고 성가시게 묻는다는 것이다. "내가 오르가즘을 느꼈는지 여부를 남편이 항상 알려고 하는 것은 정말 끔찍한 일이다. 이제부터는 나도 사정을 해야 하기 때문이다."

남성의 성 기능이 고갈되는 때는 언제일까

여성의 가슴이 커지게 된 것은 배란 능력, 다시 말해 가임(생식) 능력이 있음을 표시하기 위해서이다.

삼천 번 사정하게 되면 끝이다

틀린 말이다. 이미 수천 년 전부터 학자들은 남성의 정액이 언제 고갈되는지를 연구해 왔으며, 그들 중 대부분은 남성의 성 기능이 언젠가는 고갈된다는 결론에 도달했다. 그러나 정액 양은 본래 한정되어 있지 않다는 것이 정설이다.

통상적으로 거론되던 사정 가능 횟수도 시간이 지남에 따라 많은 차이를 보이고 있다. 13세기에 토마스 아퀴나스 성인은 성소聖召 때문에 일생 동안 독신 생활을 했다. 그럼에도 불구하고 그는 남성이 정확히 3,743번까지 사정할 수 있다고 했는데, 이는 우주의 수이며, 따라서 본시 음란한 사안에 있어서 상위 질서와 같다는 것이다. 철학자인 고트프리트 빌헬름 라이프니츠는 사정 가능 횟수를 7,500번이라 했다. 이러한 수치의 상승이 어디에 근거를 두고 있는지 전해지고 있지 않지만, 아무튼 이 수치는 이틀에 한 번씩 40년 동안 사정하는 것을 의미한다. 이에 반해 후대의 많은 수학자들은 이 횟수는 소수素數일 수밖에 없으며, 사정은 7,917번까지 가능하다고 생각했다. 도교 신자들은 오늘날까지도 남성은 사정을 할 때마다 자기 생명력의 일부를 잃는다고 믿고 있다. 19세기에 와서야 신학자이며 저술가, 생물학자였던 다비드 슈트라우스가 생식력은 본래 끝이 없다고 주장하기에 이르렀으며, 그는 이 주장으로 말미암아 교황으로부터 즉각 파문당했다.

그러나 슈트라우스의 주장을 포함한 위의 모든 이론들은 근거 없는 얘기들이다. 남성에게 낭비할 만한 것이 있다면, 그것은 그의 정액이다. 비뇨기과 의사라면 누구나 고환이나 전립선과 같은 기관들이 건강하고 튼튼하다면 남성은 사춘기부터 죽을 때까지 정액을 건강하게 생산할 수 있다는 사실을 인정할 것이다. 다시 말해 석유나 물과 같은 천연자원과는 달리 정액은 부족한 자산이 아니다. 남성은 출생 시에 특정 양의 정액을 분배받아 그것으로 일생을 꾸려가는 것은 아니다.

영국의 학자들은 기대 수명이 심지어 오르가즘 횟수와 동반 상승한다는 점을 발견했다. 한 달에 한 번도 오르가즘을 갖지 못하는 남성의 사망률은 일 주일에 최소한 두 번의 오르가즘을 갖는 남성의 사망률보다 두 배나 높다. 심장 또한 건강하다면 남성은 자기 정액이 고갈됨을 걱정할 필요 없이 죽을 때까지 즐겁게 본능에 따라 살아갈 수 있다.

 남과 여에 관한 진실과 거짓

펴~엉생....
맞습니다...

오랜 기간 사정을 하지 않는다면, 남성은 정액 적체를 겪을 수 있다

이 역시 틀린 말이다. 정액 적체를 겪는다는 말은 기우에 지나지 않는다. 정액은 음식물과는 달리 상하지도 않고 보존가능 기한도 없으며, 몸속 어딘가에 고여서 막히거나 그 밖의 다른 피해를 가져오지도 않는다.

우리 일상에 흥미로운 주제라면 거의 모두 인터넷에서 토론이 이뤄지고 있는데, 정액이 고환에 가득 차게 될 때 남성에게 나타난다는 정액 적체를 주제로 한 조사도 인터넷에서 이뤄졌다. 이 조사는 다음과 같은 성과를 가져왔다. 한 공개 토론에서 어떤 남성이 아래 질문을 했는데, 그의 익명성을 보장하기 위해 우리는 그를 게오르그라 부르기로 한다. "내가 이해한 바에 따르면 인간의 성욕은 주로 호르몬에 의해 좌우되며, 호르몬은 또한 정액 생산도 담당하고 있다. 사정을 한 후 성욕은 제로가 되며, 그 후 다시 지속적으로 상승한다. 그런데 내가 한동안 사정하지 않는다면,

나는 계속해서 성욕 곡선의 정점에 있게 된다. 그렇다면 나는 정액 적체를 통해 항상 성적으로 흥분된 상태에 있게 되는가?”

페터(이 이름 또한 가명이다)가 게오르그의 질문에 답했다. “자연적으로 재생산되는 정액이 감소하는 이유는 현재도 밝혀내지 못하고 있다. 하지만 성욕을 불러일으키는 것은 정액사정 여부가 아니라 테스토스테론이다. 이 남성 호르몬은 계속해서 생성되며, 또한 우리 몸에서 통상적으로 ‘소비된다’. 따라서 결코 차이가 있을 수 없다. 나는 정관 절제 이전과 똑같이 성욕을 느낀다.”

Loveinfo.de라는 인터넷 성 사전에서 ‘수음하다’ 라는 표제어를 클릭하면, 정액 적체에 관해 다음과 같이 전문가처럼 설명하고 있는 것을 발견하게 된다. “수음하다 — 여성의 자위행위에 반대되는 남성의 자위행위. 이것 역시 자위행위인데, 대부분의 여성들과는 반대로 남성들은 이를 필요로 한다. 이를 행하지 않을 경우 남성에게 정액 적체가 생기기 때문이다.” 또 다른 인터넷 성 사전인 Lovemaschine.de는 심지어 남성이 정기적으로 자위행위를 하지 않으면 ‘성적인 충동증’ 을 겪게 된다고 얘기하고 있다.

그러나 정액 적체와 같은 것은 없다. 또한 남성은 생물학적인 이유에서는 자주 수음할 필요가 없는데, 폐기되지 않은 정액이 신체에 해를 끼치지는 않기 때문이다. 이 점에 있어서 페터는 가장 진실에 근접해 있었다. 실제로 성욕은 테스토스테론에 의해 좌우되며, 고환에 정액이 얼마만큼 차 있는가와는 관련이 없다는 것이다. 그러나 정액이 감소되는 이유에 관해 아직 밝혀내지 못했다는 페터의 말은 사실이 아니다.

금욕 기간이 긴 경우 발생할 수 있는 가장 끔찍한 일이라고 해봐야 그것은 사정을 통해 폐기되지 못한 정액이 신체로부터 지체 없이 배출된다는 사실일 것이다. 정자는 고환에서 생성되며 부고환에 임시 보관된다. 금욕 기간이 긴 경우 밤에 사정이 저절로 이뤄진다. 정자는 마지막 사정 이후 10일에서 11일째 되는 날까지 계속 모이게 된다. 그 이후 정자는 신체의 자율적인 판단 기준에 따라 신선하지 않은 것으로 간주되며, 죽어서 신선한 정자에게 자리를 양보한다. 즉, 사용하지 않은 오래된 정자는 소변과 함께 곧 배출된다.

정액 적체는 기우에 지나지 않는다.
정액에는 보존 가능 기한도 없고, 상하지도 않으며, 어딘가에 고여서 막히거나
그 밖의 다른 피해를 가져오지도 않는다.

반면 중세 시대의 중국인들은 정액 적체에 관한 근거 없는 이야기에 현혹되어 있었다. 당시 중국에서는 정액 적체의 끔찍한 결과들을 우려한 나머지 남성에게 자위행위를 허락했다. 이에 반해 여성에게는 변질될 수 있는 정액이 없기 때문에 자위행위를 금지하였다.

오랜 기간 섹스를 하지 않았다면 성욕을 강하게 느끼게 된다

틀린 말이다. 결론적으로 말하면 금욕이 정력을 증대시키지는 못한다. 의도적이거나 그렇지 않거나 간에 금욕을 하게 되면 그 시간에 따라 성욕이 증대된다는 것이 이론적으로는 그럴듯해 보인다. 그러나 실제로 성욕은 필요에 따라 저장하거나 꺼내 쓸 수 있는 것이 아니다.

여성에게서와 마찬가지로 남성에게 있어서도 흥분 곡선은 테

> **"**
> 금욕이 난폭성을 키운다거나, 자의적이거나 타의적이거나 간에
> 금욕이 길게 되면 대담하게 섹스를 한다는 말은
> 미신에 지나지 않는다.
> **"**

스토스테론이라는 호르몬에 달려 있다. 간단히 말해 성욕은 어느 특정 단계에 이르기까지는 호르몬 양이 많을수록 더 커진다. 그러나 테스토스테론 농도는 일정한 일간 편차와 주간 편차, 그리고 연간 편차를 보이고 있으며, 금욕이 이러한 편차에 긍정적인 영향을 끼칠 수 있는 것은 아니다. 다시 말해 금욕 기간이 길어짐에 따라 테스토스테론 함량이 높아지는 것은 아니며, 섹스를 한다고 해서 금욕할 때보다 테스토스테론이 더 많이 소비되는 것도 아니다. 이는 굼뜬 폭스바겐 딱정벌레차를 차고에 오래 세워뒀다고 해서 갑자기 날렵한 포르쉐 스포츠카가 되는 것이 아닌 것과 같은 이치이다.

호르몬 연구가들은 오랜 금욕이 오히려 성욕을 억제한다고 얘기한다. 금욕하면 신체는 그에 적응하게 되고, 성호르몬을 적게 생산한다. 지속적으로 테스토스테론 함량을 높일 수 있는 유일한 방법은 규칙적인 성생활이며, 이를 통해 호르몬 생성이 유지된다. 금욕이 난폭성을 키운다거나, 자의적이거나 타의적이거나 간에 금욕이 길게 되면 대담하게 섹스를 한다는 말은 미신에 지나지 않는다. 스위스의 연구가들이 측정한 바에 따르면, 섹스를 한 날이나 금욕한 날이거나 간에 테스토스테론 농도는 같다고 한다. 다시 말해 금욕은 이 점에 있어서도 아무런 긍정적인 영향을 끼치지 못한다.

 남과 여에 관한 진실과 거짓

질 경련이 일어난 경우 페니스가 질에서 빠지지 않을 수도 있다

틀린 말이다. 섹스를 갖던 중에 질 경련이 일어났다고 하는 웃지못할 엉터리 기사가 종종 신문에 실린다. 경련 때문에 질이 강하게 수축되어서, 남성의 음경이 발기가 가라앉은 이후에도 질에서 빠지지 않아, 결국 응급 의사가 이 재난을 해결한다는 것이다.

서로 엉켜있는 두 남녀를 들것에 실어 이웃이 모두 알아챌 수 있을 만큼 큰 소란을 피우며 계단을 내려왔다는 응급구조대원들의 이야기는 특히 화제거리가 되고, 쉽게 믿게 된다. 구급차 안에서 경련을 해소시키는 주사를 맞고서야 웃음거리가 된 두 남녀는 집으로 돌아갈 수 있었다는 것이다. 인터넷의 '대★ 쇼비 사이트 Die große Chauvi-Seite'에서 '섹스 사고들'을 검색하면, 이와 같은 어처구니없는 이야기들을 더 많이 읽을 수 있다.

그런데 다행스럽게도 이 모든 이야기들은 지어낸 것들이다. 심지어 빠지지 않는 음경을 가리키는 라틴어 용어Penis captivus까지 있지만, 역사적으로 전래된 이런 종류의 이야기는 모두 우리들의 호기심을 자극하는 속임수였다. 의사들은 영국 의사 윌리엄 오슬러 경의 보고서를 항상 즐겨 인용했는데, 오슬러 경은 이 보고서를 1884년 12월 4일자 '필라델피아 의학 뉴스' 지에 가명으로 실었다. 이 보고서에서 오슬로 경은 영국 펜토빌에서 있었던 '감금된 음경Penis captivus' 사례를 기술했는데, 그는 후에 이 이야기가 모두 새빨간 거짓말이었다고 고백했다. 그리고 캔디스 버겐이 1983년 영화 '할리우드의 부인들'에서 겪어야 했던 질 경련 또한 시나리오 작가가 꾸며낸 것이었다.

의사들은 여성의 질 경련이 회음부 근육의 경직을 통해 자주 발생하며 고통스럽다고 얘기한다. 그러나 질 경련은 보통 몇 초간 혹은 길어야 몇 분간 지속되기 때문에 지속적인 흔적을 남기지는 않는다. 따라서 구급차가 도착하기도 전에 문제는 자체적으로 해결될 가능성이 크다. 발기된 음경 자체가 이런 상황 속에서 수그러들어 외부의 도움 없이도 문제가 해결된다는 점을 고려하지 않더라도 말이다.

가슴이 큰 여자들은 성적으로 쉽게 흥분한다

틀린 말이다. 어떤 가슴은 성장하고 어떤 가슴은 성장하지 않는지 그 이유에 대해 아직까지 과학적인 규명이 이뤄지지 않고 있지만, 여자의 가슴 크기로 그녀의 성욕에 대한 추론을 이끌어 낼 수 없다는 점은 분명하다. 크건 작건 간에 유방은 모두 찻숟가락 크기 만한 선腺 조직으로 이뤄져 있고, 그 외 부분은 지방이기 때문이다. 성호르몬은 선 조직에 저장되며, 가슴이 작은 여자도 가슴이 큰 여자와 똑같은 양의 호르몬을 갖고 있다.

널리 퍼져 있는 선입견과는 달리 가슴이 큰 여자가 모유를 더

> **"**
> 생물학자들에 따르면,
> 여성의 가슴이 커지게 된 것은 '배란 능력',
> 다시 말해 생식 능력이 있음을 표시하기 위해서였다고 한다.
> **"**

많이 생산하는 것도 아니다. 가슴 크기에 있어 유선乳腺은 그다지 중요하지 않다. 기성복의 표준 치수와는 상관없이 모든 여성의 유선은 거의 같은 크기이며, 임신 기간에도 백분율로 보았을 때 거의 같은 정도로 커진다.

생물학자들에 따르면, 여성의 가슴이 커지게 된 것은 '배란 능력', 다시 말해 가임(생식) 능력이 있음을 표시하기 위해서였다고 한다. 여성은 생식 능력이 한창인 연령일 때 사춘기 이전이나 갱년기 이후보다 더 풍만한 가슴을 갖게 되므로, 우리 선조들은 부풀어 오른 가슴에서 생식 능력의 징후를 알아챌 수 있었다고 한다.

고대 생물학적 프로그램에서 여성의 풍만한 가슴은 상대 남성에게 그가 씨를 뿌렸음을, 다시 말해 여성은 더 이상 수태 능력이 없음을 알렸으며, 임신한 여성이 자신의 힘으로 삶을 꾸려 가는 동안 남성은 다른 여성과 새로운 섹스를 가질 수 있음을 가리켰다. 이러한 임신 표시는 일년 내내 커지는 가슴으로 인해 그 효능을 잃게 되었지만, 여성이 아이를 양육하는 것을 돕도록 남성을 여성 곁에 붙잡아 두었다. 진화 상의 탁월한 조치라 하겠다.

동물학자인 데스몬드 모리스는 다른 흥미로운 이론을 내세웠다. 그는 여성의 가슴을 제 2의 엉덩이로 보았다. 영장류의 경우 암컷의 성적 신호는 거의 예외 없이 엉덩이로부터 나온다. 아프리카 산 원숭이 비비 암컷이 발정기에 붉게 빛나는 엉덩이를 보이듯이 말이다. 우리 선조들이 수백만 년 전에 네 발로 다니다가 두 발로 서게 되었을 때, 직립 보행은 한 가지 문제를 가져왔다. 다시 말해 남자와 여자가 서로에게 다가갈 때 이 성적 신호를 알아보기가 이제 쉽지 않게 되었다. 이러한 성적인 재난을 해결하고 또한 앞모습을 성적으로 더욱 매력 있게 만들기 위해, 자연은 여성의 앞면에도 엉덩이를 갖게 하였다. 이 가짜 엉덩이는 여성의 앞모습이 남자들에게 더욱 매혹적으로 보이도록 하는 데에 유일한 목적이 있었다. 단순한 남자들은 그때부터 앞부분을 엉덩이로 여기게 되었다. 비결은 간단했다. 모든 영장류의 암컷은 새끼들에게 젖을 먹이는 경우 유방의 팽창을 가져왔다. 비결은 이러한 팽창이 다시 되돌아가지 않게 하는 데에 있었다.

여성에게 있어 이 새로운 방식은 결정적인 이점을 갖고 있다. 성행위 때 서로 얼굴을 마주 보는 것은 상대방에 대한 더욱 친밀한 애정을 느끼게 한다. 수컷 원숭이들 가운데 이와 유사한 자세를 선호하는 소수의 종들은 가장 성실하게 가족을 돌보는 가장들에 속한다. 이에 반해 고릴라와 침팬지는 예로부터 행해온 자세를 선호하며, 자기 새끼들에 대한 배려가 그리 특별하지 않다. 우리가 서로 눈을 마주보며 섹스를 갖게 됨으로써 사랑이나 배려와 같은 것이 싹틀 수 있었고, 성행위는 이제 단순한 생식 메커니즘 이상의 것이 되었다.

이러한 이론들 중 어느 것이 진실에 가장 가까운지는 아직 밝혀지지 않았다. 그러나 가슴이 큰 여자가 성적으로 쉽게 흥분한다는 이야기는 순전히 남자들의 환상이다.

하와가 금지된 사과를 먹었다는 사실은
확실히 그 이유가 되지 않는다.
그 당시 중동 지방에는 아직 사과가
없었다는 사실이 이를 말해주고 있다.

나께았나다!

하와는 아담의 갈비뼈로 만들었다

틀린 말이다. 성서의 창조 설화를 믿는다 하더라도, 갈비뼈에 관한 부분은 문학 세계에 속한 이야기다. 이 구절은 거의 모든 독일어 성서 번역본에 실려 있기는 하지만, 그러나 이 구절은 성서 원문을 잘못 번역한 것이다. 다시 말해 아담의 갈비뼈가 아니라, 아담의 옆구리 혹은 허리였다.

> 히브리어 원문에서는 어디에도 갈비뼈에 관한 말이 없다.
> 여기서 사용된 단어는 여러 가지 의미를 지니고 있는데, '갈비뼈'란 의미로는
> 드물게 쓰이며, 일반적으로는 '옆구리'나 '허리'로 번역된다.

종교 수업에서 우리는 하느님께서 남자를 먼저 창조하셨다고 배웠다. 하느님께서는 당신 작품이 잘 된 것을 보시고, 아담을 깊은 잠에 빠뜨린 후 그의 갈비뼈 중 하나에서 부엌일과 자녀 생산을 위한 보조자를 만들어 내셨다. "하느님께서는 아담으로부터 취한 갈비뼈로 여자를 만드시고, 그녀를 아담에게 데려오셨다." 그러나 히브리어 원문에서는 어디에도 갈비뼈에 관한 말이 없다. 여기서 사용된 단어는 여러 가지 의미를 지니고 있는데, '갈비뼈'란 의미로는 드물게 쓰이며, 일반적으로는 '옆구리'나 '허리'로 번역된다.

마르틴 루터는 히브리어 수업을 고작 열두 시간 듣고 나서 성서를 번역했다. 그러나 창조 설화의 잘못된 해석 이면에는 해부학 지식이 부족했던 것 이외에도 남성 우월주의 사상 또한 한 몫을 했다. '옆구리'는 해부학적으로 보아 없어서는 안될 부분이지만, 다른 한 편으로 이 단어는 교부敎父들에게 남녀간의 평등권을 연상시켰다. 이에 반해 아담은 갈비뼈 하나를 상실한 것을 쉽게 견뎌낼 수 있었을 것이다. 이런 이유로 독일어 번역본에서는 '옆구리'가 삭제되었고, 그 자리에 '갈비뼈'가 실리게 되었다.

아담이 하와보다 먼저 창조됐기 때문에 남성이 여성보다 우위에 있다

이 또한 틀린 말이다. 남성이 먼저 태어났다고 해서 남성이 우월하다고 할 수는 없다.

하느님께서는 자기 작품에 대해 여러 가지 가능성을 갖고 계셨다. 여성으로 하여금 남성을 다스리게 하는 것도 그 중 하나였을 것이고, 이는 이론적으로 또한 가능했을 것이다. 동양의 상징적 표현은 매우 은유적이므로, 이 경우 하느님은 아마도 아담의 머리에서 하와를 만들어 내셨을 것이다. 그리스인들의 수호 여신인 팔라스 아테네가 제우스의 머리에서 나온 것처럼 말이다. 이와는 반대로 하느님께서 하와가 아담의 여종이 되도록 허락하셨다면, 아담의 갈비뼈나 옆구리가 아닌 아담의 발에서 하와를 만드셨을 것이다. 그러나 성서에는 하느님께서 하와를 아담의 옆구리에서 취하셨다고 기록되어 있고, 이는 남성과 여성이 동등한 권리를 지닌 동반자라는 사실을 의미하는 것이다.

히브리어 성서는 이 점을 이름에서도 드러내려 하고 있다. 루터는 자신의 첫 번째 성서 번역본 초안에서, 하느님께서는 사람을 남자Mann와 여자Männin로 만드셨다고 기록하고 있다. 다시 말해 루터는 '남자(히브리어로는 isch)'와 '여자(히브리어로는 ischa)'를 단지 철자 하나로 구별하고 있는 창세기 원문의 어법을 따르고자 했던 것이다. 이러한 어법은 남자와 여자가 짝을 이루고 있으며 아주 작은 차이점만 지니고 있음을 명백히 드러내고 있다.

하와가 아담보다 늦게 창조되었기 때문에 피조물 가운데 부수적인 역할만 한다는 논증 또한 설득력이 없다. 거의 모든 교부들이 이러한 논증을 펴고 있으며, 사도 바울로도 신약성서에서 적어도 여섯 번 이렇게 얘기하고 있다. 7일에 걸친 창조는 지렁이에서 포유동물을 거쳐 인간에 이르기까지 상향적인 리듬을 보이고 있으나, 위의 해석에 따르면 지렁이가 남자에 앞서 창조되었기 때문에 남자보다 더 상위 존재가 되고 만다. 그러나 하와는 가장 늦게 창조된 존재로서 실상 모든 피조물 가운데 으뜸이라는 해석 또한 가능하다. 그래서 다음과 같은 유머가 나오기도 했다.

"하느님께서 남자를 창조한 이후에 하셨던 말은?"

"맙소사, 저것보다는 더 잘 만들 수 있는데 말야."

하느님이 남자라는 신념 또한 궤변이다. 독일어에서 '하느님'이란 단어의 성은 물론 남성이지만, 성서 원문에서 하느님은 '엘로힘'으로 불리고 있다. 엘로힘은 복수로만 쓰이는 명사Plurale-tantum이며, 이는 남성도 여성도 아닌 다수의 신적인 특성을 나타내는 문법적인 표현방식이다. 다시 말해 하느님은 성이 없는 존재로 표현되고 있다. 이는 논리적이라 생각되는데, 복수형으로 쓰이지 않았다면 하느님은 여성이 될 수밖에 없기 때문이다. 왜냐하면 하느님께서는 자신이 설계한 대로 인간을 만드셨는데, 인간의 기본 모습은 어쨌든 여성적이기 때문이다.

하와가 사과를 먹었기 때문에 아담과 하와는 낙원에서 쫓겨났다

틀린 말이다. 본당 신부가 종교 수업에서 그렇게 가르쳤다 하더라도, 사과 이야기는 사실일 리가 없다. 하느님께서 아담과 하와로부터 낙원에 체류할 수 있는 권한을 거둬들이셨던 이유가 무엇이 되었든지 간에, 하와가 금지된 사과를 먹었다는 사실은 확실히 그 이유가 되지 않는다. 에덴 동산의 사건이 일어났을 당시에 중동 지방에는 아직 사과가 없었다는 사실이 이를 말해주고 있다. 사과가 유럽으로부터 이 지역에 도입된 것은 20세기에 이르러서였고, 그 이전 이 지역에서 사과는 알려지지 않은 열매였다. 이는 또한 금지된 사과나무들이 낙원에 존재하지 않았다는 얘기가 되기도 하는데, 하와는 이 사과나무 열매를 치약 선전에 나오는 청년처럼 맛있게 먹기 위해 땄다는 것이다.

더욱이 히브리어 성서 원문도 그렇게 주장하고 있지 않다. 히브리어 성서의 해당 구절에서는 상세하게 규정되지 않은 '나무 열매'가 언급되고 있고, 따라서 이 열매는 무화과 열매나 호두를 비롯하여 올리브 열매에 이르기까지 거의 모든 열매를 지칭하는 것일 수 있다. 창세기 3장 6절의 원문을 번역하면 다음과 같다. "그리고 하와는 나무 열매를 따서 먹었고, 그 열매를 자기 옆에 있던 남편에게도 주었으며 그도 그것을 먹었다."

그럼에도 불구하고 독일에서 성서 상의 원죄가 늘 사과와 동일시되는 것에 대한 이유는 라틴어 해석과, 하와에게 과일을 권한 뱀에게서 찾아볼 수 있다. 라틴어 성서 번역본인 불가따Vulgata를 읽어보면, 뱀은 하와를 다음과 같이 유혹하고 있다. "너희는 하느님처럼 선과 악을 알게 될 것이다(Eritis sicut Deus, scientes bonum et malum)."창세기 3,5 그런데 결정적인 단어인 '말룸malum'은 '악'이나 또는 '사과'로 번역할 수 있다.

이에 따라 '악'이란 단어가 '악한 사과'가 되고, 그 사과가 다시 '악한 하와'의 손에 놓이게 되었음을 추측해 볼 수 있다. 하와는 살아 있는 동안 사과를 본 적도 없고, 하물며 먹어본 적도 없지만 말이다. 양념을 조금 곁들인다면, 히브리어에서 '뱀'이란 단어는 독일어에서와는 달리 남성이라는 사실이다.

갈비뼈가 기실 갈비뼈가 아니고, 사과가 기실 사과가 아닌 것과 마찬가지로, 낙원에서 추방된 것에 대한 책임이 하와에게만 있는 것은 아니다. 하와는 하느님의 과수원과 관련하여 그분의 계명을 지키지 않은 첫 번째 사람이었지만, 하느님께서는 마법에 걸린 나무 열매를 먹지 말 것을 오로지 아담에게만 명하셨지 결코 하와에게 명하시지는 않았다는 것이다. 이는 본당 신부가 우리에게 늘

숨겼던 내용이다. 낙원에 있는 모든 나무 열매는 먹어도 되지만 오직 하나의 나무 열매는 먹을 수 없다는 계명은 하와의 출생 이전에 주어졌던 것이다. 물론 하와가 그 계명에 대해 알고 있었다는 점도 추측해 볼 수 있지만, 하와는 그 계명을 아담으로부터 전해들은 것이지 하느님으로부터 직접 들은 것은 아니었다.

> 하와가 금지된 사과를 먹었다는 사실은
> 확실히 그 이유가 되지 않는다. 에덴 동산의 일이 일어났을 당시에
> 중동 지방에는 아직 사과가 없었다는 사실이 이를 말해주고 있다.

그밖에도 하와는 아담과는 달리, 여자들의 관행이 그렇듯이 나무 열매를 먹기 전에 뱀과 행동원칙에 관한 토론을 했다. 하와는 찬성과 반대를 저울질하고 충분히 숙고한 이후에야 열매를 먹었다. 아담은 그 이후에야 등장했다. 성서는 원죄에 있어서 아담이 관여한 부분에 대해 단지 간결한 한 문장만을 전하고 있다. "하와는 곁에 있던 남편에게도 그 열매를 주었고, 그도 그 열매를 먹었다."

바로 이것이었다. 이를 유혹으로 표현하기보다는 오히려 둔감

한 단순 가담이라 일컬을 수 있을 것이다. 하느님께서 오로지 아담에게만 나무 열매를 따먹지 말라고 명하셨음에도 불구하고 말이다. 양심의 가책을 느낀 흔적은 없다. 하지만 이로써 이 이야기가 끝난 것은 아니다. 하느님으로부터 해명을 요구받자 아담은 모든 사실을 부인했다. 아담은 죄지은 자를 찾았고, "당신이 제게 주셨던 여인"이라는 그의 말에서 보듯이 곧 하와와 하느님이라는 속죄양을 발견했다. 그러나 구약성서나 신약성서에서 여러 번 강조되는 바와 같이, 아담은 스스로 창조의 주인이 되고자 했던 만큼 자기 여자에 대해서도 책임을 졌어야 마땅했다. 아담은 자기 여자를 책임지지 않았고, 죄책감을 떨치려 했으며, 속이 뻔히 들여다보이는 변명을 구하는 일에 안간힘을 다했다.

그럼에도 불구하고 교회는 하와만을 죄의 관문으로 여겼으며, 모든 여성이 연대책임을 지고 생리라는 벌을 받은 것과, 오로지 아이를 낳고 남편에게 봉사함으로써만 다시 행복을 얻을 수 있게 된 것을 당연하게 생각했다. 물론 아담도 함께 추방당했지만, 육체적으로는 온전한 상태에 머물렀다.

결혼 반지는 모든 로맨틱한 연상들에도
불구하고, 사랑의 표지와는 전혀
다른 것이었으며, 본래 매매혼의 상징이었다

결혼한 지 7년째 되는 해는 저주받은 해이다

틀린 말이다. 이혼 통계에 따르면 결혼한 지 7년째 되는 해는 그다지 특별하지 않으며, 가장 높은 이혼율은 결혼한 지 3년째 되는 해와 15년째 되는 해에 기록되고 있다. 다른 자료는 결혼한 지 4년째 되는 해와 6년째 되는 해에 이혼율이 가장 높은 것으로 보고하고 있다. 여하튼 모든 통계 자료는 공통적으로 결혼한 지 7년째 되는 해가 저주받은 해가 아니라는 것을 보여주고 있다.

> 7이란 숫자는 예로부터 인간의 상상력을 자극해 온
> 불가사의한 숫자이므로, 오히려 이 숫자를
> 이혼율이 가장 높은 햇수에 껴 맞춘 것은 아닐까?

그럼에도 불구하고 결혼한 지 7년째 되는 해는 저주받은 해라는 속설이 끊이지 않는 만큼 그 이면에는 무엇인가가 숨겨져 있음이 틀림없다. 진화 연구가들은 결혼 초기의 이혼율이 높은 이유를 제시하고 있다. 아기가 젖을 먹는 시기는 대략 4세까지인데, 고대에는 아기가 젖을 떼면 바로 나이 많은 형제들이나 이모, 고모, 할머니 또는 그 밖의 다른 가족 구성원이 부모 역할을 수행했다. 부모는 새로운 짝을 찾아 다시 아이를 낳을 수 있었다. 이러한 방식으로 혈통 내에서 건강한 유전적 다양성이 촉진될 수 있었다는 것이다.

하지만 이러한 이론은 그다지 설득력이 있어 보이지 않는다. 7이란 숫자는 예로부터 인간의 상상력을 자극해 온 불가사의한 숫자이므로, 오히려 이 숫자를 이혼율이 가장 높은 햇수에 끼워 맞춘 것은 아닐까? 하느님께서 7일에 걸쳐 세상을 창조하신 것이라든지, 세계 7대 불가사의라든지, 일주일은 7일이라는 것처럼 말이다. 사랑하는 사람들이 떠다닌다고 하는 속담 속의 '하늘 7층'도 이에 해당한다. 철학자 아리스토텔레스는 기원전 350년경 우주 창공은 일곱 개의 투명한 곡면 판으로 이뤄져 있으며, 이 판들 위에서 태양과 달, 행성들이 지구를 중심으로 돌고 있다고 생각했다. 하늘 7층은 우주 전체를 둘러싸고 있는 영역이었다.

그리고 가장 가깝게는 1955년 마릴린 먼로가 '7년만의 외출'이라는 영화에서 저주받은 결혼 7년째 해라는 의미를 부여함으로써, 결혼 7년째 되는 해에 많은 부부들이 이혼한다는 속설이 최종적으로 나오게 되었다.

  남과 여에 관한 진실과 거짓

마흔이 넘은 여자는 배우자를 찾기도 전에 호랑이 먹이가 될 것이다

틀린 말이다. 이러한 편견은 명문 하버드 대학교와 예일 대학교가 실시한 한 조사에 근거를 두고 있는데, 이 조사는 1980년대에 전세계의 주목을 받았으며, 그 이후 적절함의 여부를 떠나 모든 경우에 인용되고 있다. 이 조사 결과에 따르면 서른이 넘은 여자가 결혼할 확률은 통계적으로 20퍼센트이며, 35세인 경우는 5퍼센트, 40세인 경우는 1.3퍼센트에 불과하다는 것이다.

전세계의 신문들은 이 이야기를 열광적으로 다루었고, 그로부터 마흔이 넘은 여자는 배우자를 찾기도 전에 호랑이 먹이가 될 것이라는 상투어를 퍼뜨리고 있다.

그러나 "네 스스로 변조하지 않은 통계라면 아무것도 믿지 말라"는 말은 근거 없는 말이 아니며, 이 경우에 딱 들어맞는다. 좀 더 정확히 말하자면, 위 조사에서 행한 계산은 오로지 대학 교육을 받은 여성만을 대상으로 한 것이었으며, 게다가 틀린 수치를 내놓고 있었다. 미국 연방청의 전문가인 잔 무어만은 위 조사 결과가 나온 지 얼마 지나지 않아 재계산을 했으며, 완전히 다른 결과를 얻었다. 그녀가 계산한 바에 따르면, 당시 30세 된 미혼 여성의 결혼 가능성은 결혼 연구가들이 경솔하게 유포하고 신문이 계속해서 무책임하게 퍼뜨린 수치보다 세 배나 더 높은 60퍼센트였고, 35세인 경우에는 일곱 배나 높은 35퍼센트, 40세인 경우에는 스물 세 배나 높은 30퍼센트였다.

미국에서는 30세에서 39세까지의 연령층에 있는 이혼 여성의 56퍼센트가 재혼하고 있으며, 40세에서 49세까지의 이혼 여성 중에서는 32퍼센트가 재혼하고 있다. 하지만 무어만은 자신의 조사 내용을 알릴 수 없었다. 그녀가 몇몇 텔레비전 방송사로부터 조사 결과를 소개해 달라는 초청을 받았을 때 그녀의 상사는 이를 금지시켰다. 워싱턴의 고위 관리들이 개입했으며, 이들은 무어만의 정정 내용이 국민에게 — 아마 누구보다도 남성들에게 — "혼란만을 초래할 것"이라고 연방청에 통보했다.

이에 관해서는 어림 계산만 해 보아도 위의 상투어의 내용이 틀리다는 것을 알 수 있다. 성비는 균형을 이루고 있으므로, 통계상으로 40세 이상 미혼 남성의 수는 동년배의 미혼 여성의 수와 엇비슷할 것이다. 이에 따라 두 가지 가능성이 존재하는데, 그 중 하나는 동년배의 여자는 더 이상 원치 않는 40세 이상의 남자들이 똑같이 미혼인 채로 남아 있는 경우로, 이는 개연성이 좀 떨어진다. 다른 가능성은 이들이 훨씬 젊은 여성 배우자를 얻고자 하는 경우이다. 하지만 이 경우에는 30세에서 40세까지의 남성들을 위한 구혼 시장에서 동년배의 미혼 여성의 수가 모자라게 된다. 이는 30세에서 40세에 이르는 미혼 남성들이 똑같이 더 젊은 여성 배우자를 구함으로써만 상쇄될 수 있다. 이렇게 해서 — 똑같이 통계상으로만 보아 — 20세에서 30세에 이르는 남성들은 40세 이상의 여성들을 찾아봐야 할 터인데, 자신의 연령층에 있는 구혼 시장이 거의 비어 있는 상태이기 때문이다. 물론 이런 생각은 앞서 애기한 편견과 마찬가지로 넌센스이다.

결혼 반지는 사랑의 표지이다

틀린 말이다. 결혼 반지는 과거에 그것이 불러일으키는 모든 로맨틱한 연상들에도 불구하고, 사랑의 표지와는 전혀 다른 것이었으며, 본래 매매혼의 상징이었다. 다시 말해 결혼 반지는 그 편리함으로 인해, 그 때까지 통용되었던 낙타나 양, 염소를 대신하는 신부 대금에 대한 선수금이었다.

결혼 반지는 로마인들에게 있어서 신부 대금의 첫 번째 할부금으로 쓰였고, 보석이 박히지 않은 철로 된 고리 형태를 띠고 있었다. 결혼 반지는 8세기에 유대인들 사이에서 남자가 자기 약혼녀에게 주었던 작은 동전을 대신하여 쓰이게 되었다. 이는 단지 반지가 동전보다는 잃어버릴 위험이 적다는 실용적인 이유 때문이었다. 고대 동양에서 팔찌나 허리에 둘렀던 장신구는, 여자가 이것을 끼워준 남자에게 속해 있음을 의미하는 것이었다. 결혼 반지는 이렇게 소유를 표시하는 축소된 형식으로, 우리 시대에 개의 복사뼈에 채워진 인식표와 같은 것이다.

결혼 반지가 오늘날의 의미를 지니게 된 것은 9세기 니콜라우스 교황에 의해서이다. 결혼 반지는 혼인으로 인한 내적 결합의 항구성을 상징하는 것이 되었다.

교회는 윤리적인 이유에서 이혼을 허락하지 않는다

틀린 말이다. 가톨릭 교회가 이혼을 죄 목록에 포함시켰던 이유는 윤리 규범이나 버림받은 여자의 영혼 구원—교회에는 어차피 영혼 구원이 없었지만—과는 상관이 없었다. 그것은 본래 늘 관건이 되고 있는 문제, 즉 권력과 돈의 분배와 관련된 일이었다. 교회의 이혼 금지령은 적법한 상속자의 출생을 막고, 그를 통해 교회 밖의 재화가 집중되는 것을 저지하기 위한 투쟁에 지나지 않았다. 적법한 상속자를 남기지 못한 남자의 재산은 무조건 교회의 몫이 되었기 때문이다.

이미 중세시대에 교회와 국가 간 논쟁의 주된 원인은 유복한 상속자와 그의 유산을 둘러싸고 있는 정부情婦에 있었다. 약 10세기경에 당시 통치하고 있던 왕들의 지배력이 쇠퇴하기 시작했으며, 지방 봉건 귀족들의 영향력이 커졌다. 그 결과 귀족들은 적법한 상속자를 낳기 위해 더 많은 노력을 기울였고 장자 상속권을 확립했다. 귀족들은 아이를 낳지 못한 부인과는 이혼했으며, 자신의 전 재산을 맏아들에게 상속했다.

초대 교회는 혼인이나 이혼, 간음, 근친 상간과 같은 일들에 지대한 관심이 있었다. 그러나 일부다처나 혼인외 자녀에 대해서는, 이 두 가지가 관습화되고 교리에 어긋났음에도 불구하고, 대체로 침묵했다. 그 대신에 교회는 이혼이나 재혼, 입양, 유모, 전례상 금욕이 요구되는 시기의 성행위, 그리고 교회법 상 7촌 이내 인척 관계에 있는 친척들 간의 근친 상간 등 많은 제약을 두었다. 교회는 모든 규정들을 통해 통치자가 적법한 상속자를 낳는 일을 방해하려 했던 것 같다.

1,100년 당시 교회 교리에 따르면, 남자는 아이를 낳지 못하는 부인과 이혼할 수 없었고, 그녀가 살아 있는 동안에는 재혼할 수도 없었다. 남자는 상속자를 입양할 수 없었고, 그의 부인은 아들을 낳겠다는 소망 속에 다음 아이를 빨리 갖기 위해서 젖을 떼지 못한 딸을 유모에게 맡길 수 없었다. 남자는 자기 부인과 "부활절 이전의 3주 동안과, 성탄절 이전의 4주 동안, 성령강림절 이전의 7주 동안, 그리고 모든 일요일과 수요일, 금요일과 토요일, 그 밖의 모든 축일에도 동침할 수 없었다." 다시 말해 사실상 거의 동침할 수 없었다는 것이다.

남자는 7촌 이내 인척 관계에 있는 여자와는 적법한 상속자를 낳을 수 없었으며, 이는 주변 100마일 이내 지역에 있는 대부분의 귀족 여성들과 결혼할 수 없었음을 의미한다. 이 모든 것은 적법한 상속자의 출생을 막고자 했던 교회의 끊임없는 투쟁으로 요약된다.

결혼 기간이 길수록 배우자에 대해 더 잘 알게 된다

틀린 말이다. 한 이불을 덮고 한 식탁에서 밥을 먹는다고 해서 서로에 대해 특별히 잘 알고 있는 것은 아니다. 텍사스 대학교의 심리학자들은 수십 명의 부부와 미혼 연인들을 대상으로 한 설문 조사에서 좋아하는 텔레비전 프로그램이나 성병과 같은 은밀한 사항들을 써내도록 하였다. 상대방도 같은 설문지를 받았으며, 자기 배우자나 연인이 이 질문들에 어떻게 답할지를 쓰게 하였다.

조사에 응한 커플들이 서로 사귄 기간은 짧게는 3주에서 길게는 6년에 이르렀는데, 사귄 기간이나 결혼 기간이 긴 커플들은 서로를 더 잘 알고 있다고 믿었다. 그러나 조사 결과는 다르게 나타났다. 모든 커플들에 있어서 서로 간의 응답이 일치한 비율은 평균적으로 약 50퍼센트에 이르렀는데, 서로 사귄 기간이나 기혼 여부와는 상관이 없는 것으로 나타났다.

왜 같이 사는 여자들끼리는 생리 주기도 같아질까

20세기에 들어와서도 가톨릭 교회에는
교황이 제정한 공식적인 여성 가창 금지령이
실제로 있었다. 여성은 생리 기간 중
교회에 들어갈 수 없었으며, 제대나 그 밖의
성물을 만질 수 없었다.

같이 사는 여자들끼리는 생리 주기도 같아진다

맞는 말이다. 같이 사는 여자들끼리는 종종 생리 주기도 일치한다는 사실을 연구 결과들이 입증하고 있다. 이 현상은 현재 저명한 생물학 교수인 마르타 맥클린톡이 하버드 대학교에 재학할 당시인 1971년 '네이처Nature' 지에 기고한 논문에서 밝혔던 내용이다.

맥클린톡은 한 여자대학 학생들의 생리 주기를 같은 방에 사는 그룹 별로 관찰했다. 학기 초에 학생들의 생리 시기는 한 달에 걸

> 여성의 생리 주기는 인간의 땀 속에 있는 페로몬의 영향을 받고 있을 가능성이 높다. 우선적으로 땀 냄새를 통해 생리 주기가 같아진다는 사실을 여러 연구들이 확실히 입증해왔다.

쳐 골고루 나뉘어져 있었다. 그러나 여러 달이 지나면서 학생들의 생리 주기는 같아졌는데, 예를 들면 7개월 후 생리 주기가 같은 학생 수는 학기 초보다 33퍼센트나 증가했다. 이에 반해 같은 방을 쓰지 않는 학생들 사이에는 생리 시기가 일치하지 않음을 관찰할 수 있었다. 이 조사 결과는 그 동안 여러 가지 다른 연구들을 통해서도 입증되었다. 예를 들면 한 그룹의 여성들이 소매 밑에 온종일 지니고 있던 솜뭉치를, 그들과 공간적으로 떨어져 지내는 다른 그룹의 여성들이 윗입술을 바르는데 정기적으로 사용하게 했을 때, 이 두 그룹 여성들의 생리 주기가 시간이 지날수록 같아진다는 사실을 확인할 수 있었다.

이러한 현상에 대한 정확한 원인은 밝혀지지 않았다. 그러나 여성의 생리 주기는 인간의 땀 속에 있는 페로몬의 영향을 받고 있을 가능성이 높다. 우선적으로 땀 냄새를 통해 생리 주기가 같아진다는 사실을 여러 연구들이 확실히 입증해왔다. 아랍의 촌장들은 이미 오래 전에 이 사실을 알고 있었던 것이 분명한데, 이들은 규방 부인들을 각기 다른 방에 머물도록 배려했기 때문이다.

여성의 월경은 야생 동물들을 자극한다

틀린 말이다. 미국에서는 오늘날에도 생리 기간 중에는 곰 서식지에서 야영하지 말 것을 여성들에게 강력히 경고하고 있는데, 이는 후각이 예민한 곰들이 그 냄새를 맡을까 우려해서이다. 전 세계의 사냥협회들은 여성의 월경 냄새가 야생 동물들을 자극하는 것을 우려해서, 생리 중인 여성은 사냥에 나서지 못하게 하고 있다. 그러나 여성의 월경은 늑대나 그밖의 야생 동물들을 유인하지 않기 때문에, 남자들은 안심하고 아내와 함께 사냥에 나설 수 있다. 생물학자들은 곰을 가장 잘 유인할 수 있는 방법을 알아내기 위해 노스캐롤라이나 주에서 실험을 했다. 이 실험에서 여성의 월경은 효력이 없는 것으로 드러났다.

그럼에도 불구하고 이러한 속설에 틀림없이 무엇인가 타당한 점이 있다면, 각 사람이 내뿜는 천연 방향제인 페로몬이 아마도 야생 동물을 유인하는 물질일 수 있다는 것이다. 페로몬은 뚜렷한 냄새가 나지는 않지만 우리의 잠재 의식에 영향을 끼치는 물질로, 예를 들면 우리는 이 물질로 인해 누군가를 좋아하거나 싫어하게 된다.

페로몬은 짝짓기를 위한 우리의 호르몬 상태를 상대방에게 알리는 전달물질이다. 학자들은 인간의 짝짓기 행위 역시 페로몬의 영향을 받는다는 점에 의견의 일치를 보고 있다. 그렇다면 이것은 동물에게 있어서도 적용되는 것이 아닐까? 이 생각이 옳다면, 유인 작용은 수컷 곰에게만 국한되는 것이 아니라, 멋진 남성 사냥꾼의 체취도 마찬가지로 암컷 곰을 자극하게 될 것이다.

여성의 월경은 포도주를 변질시키고, 칼을 무디게 만든다

이 또한 틀린 말이다. 월경으로 나온 피는 마력과 독성을 지녔다는 생각은 아주 오래 전부터 전 세계에 퍼져 있던 고정관념이었다. 수백 년이 지나오면서 여성의 '유해하고 불쾌한 체취'는 특히 고기를 상하게 하고, 포도주를 변질시킬 뿐만 아니라, 빵 반죽을 수축시키고, 거울을 흐리게 하며, 또한 칼을 무디게 만든다는 주장이 제기돼왔다.

> 여성의 몸은 피를 소화시키는 능력이 없기 때문에, 월경을 통해 배출되어야 한다고 생각했다. 아리스토텔레스는 잉여 혈액이 남성의 경우에는 정액으로, 여성의 경우에는 월경으로 배출된다고 주장했다.

이미 서력西曆 기원 무렵에 로마의 역사가였던 플리니우스는 월경수로 인해 발병하고 오염될 수 있는 모든 것들을 열거했다. 이 목록은 다음과 같이 거의 모든 부문을 망라하고 있다. "월경수와 접촉하게 되면, 질 좋은 포도주는 변질되고, 씨앗은 열매를 맺지 못하며, 정원에 있는 모종은 시들게 된다. 뿐만 아니라 나무의 열매들도 떨어지고, 칼의 예리함과 상아의 광채도 떨어지며, 벌떼도 죽게 된다. 또한 청동과 쇠에는 녹이 슬고, 악취가 진동한다." 그 밖에도 월경수는 개들을 미치게 하며, "이 개들이 문 상처에 치료할 수 없는 독을 옮긴다." 정통파 유대교 신자들은 오늘날에도 여의사의 진료를 거부하는데, 여의사가 생리 중인 경우 이를 통해 질병 자체보다도 더 심각하게 오염될 수 있다는 속설을 믿기 때문이다.

그리스, 로마 시대 사람들은 여자만 월경을 하고 남자는 하지 않는다는 사실을 여러 가지 독창적인 방식으로 설명했다. 그 중 하나는 남자들이 여자들보다 '더 활동적'이라는 것이었다. 여자들에게는 피가 너무 많아서, 매달 이런 방식으로 피가 밖으로 나와야 한다고 했다. 다시 말해 여자들은 남자들보다 집 밖으로 나오는 일이 드물며, 따라서 남자들보다 덜 움직이기 때문에 월경을 한다는 것이었다. 월경은 잉여 혈액인데, 이 잉여 혈액은 남성의 경우 하루의 활동을 통해 연소되지만, 여성에게 있어서는 몸 안에 축적되며 밑으로 다시 흘러나온다는 것이다.

이에 반해 히포크라테스는 여성이 남성과는 달리 오염 물질을 땀을 통해 배출할 수 없기 때문에, 정기적으로 일어나는 혈액의 발효를 통해 월경을 하게 된다고 주장했다. 페르가몬(소아시아 북서 지방의 고대 도시—역자 주)의 갈레노스(129년에서 199년까지 살았던 고대 그리스의 의사—역자 주)는 월경수를 고기 음식의 피가 남은 것으로 여겼으며, 여성의 몸은 이 피를 소화시키는 능력이 없기 때문에 이런 방식으로 배출되어야 한다고 생각했다. 아리스토텔레스는 심지어 잉여 혈액이 남성의 경우에는 정액으로, 여성의 경우에는 월경으로 배출된다고 주장했다.

미국의 학자 마지 프로핏은 이 모든 넌센스와는 다른 새로운 이론을 전개했다. 프로핏은 월경을 신체 자생적 면역체계의 보호 기제로 여겼다. 남성의 정자가 나쁜 병원체를 여성의 자궁 속에 아주 은밀하게 퍼뜨리기 때문에 여성은 월경을 한다는 것이다. 다시 말해 월경은 이 유해한 침입자를 다시 밖으로 내보내는 정화 시스템이라는 것이다. 이 이론이 맞는 것인지는 알 수 없지만, 납득할 만은 하다.

백년 전까지만 해도 여성은 교회에서 노래할 수 없었다

맞는 말이다. 20세기에 들어와서도 가톨릭 교회에는 교황이 제정한 공식적인 여성 가창 금지령이 실제로 있었다. 여성은 생리 기간 중 교회에 들어갈 수 없었으며, 근본적으로 제대나 그 밖의 성물을 만질 수 없었다. 이 어처구니없는 가창 금지령은 공식적으로는 교회법에 근거하고 있었으며, 교황청 전례성성典禮聖省를 통해 여러 번 확인되었다.

1897년 9월 17일자 교황청 훈령은 여자아이나 성인 여성은 교회 합창단원이 될 수 없다고 명시했다. "여성은 교회 합창단원이 될 수 없으며 평신도 신분에 있다. 여성 합창단도 마찬가지로 금지되며, 단지 그에 대한 중대한 사유가 있는 경우 관할 주교의 허락을 받아 구성할 수 있다."(1907년 11월 22일자 교황청 훈령) "혼성 합창단은 제대로부터 멀리 떨어진 곳에 위치한다 하더라도 어떤 형태로든 엄격히 금지된다."(1908년 12월 18일자 교황청 훈령)

이에 대해 무엇을 더 말하랴? 노래할 수 있는 사람은 노래하기를.

백년 전까지만 해도 교회법에 따르면 여성에게는 영혼이 없었다

이 역시 맞는 말이다. 백년 전까지만 해도 여성은 교회에서 노래할 수 없었을 뿐만 아니라, 공식적인 교회법에 따르면 영혼에 대한 권리도 없었다. 하와가 에덴 동산에서 과일을 땄다는 이유로 교황은 여성에게서 영혼을 박탈하였으며, 19세기 말에 와서야 그 죄는 사해졌고 여성에게 영혼이 다시 주어졌다는 견해를 갖게 되었다. 그러나 이런 견해에 대해 교회 지도층의 의견이 실제로 일치했던 것은 아니었다.

> 아리스토텔레스에 의하면 태아는 처음에 식물과 같은 삶을 살지만,
> 시간이 지나면서 동물과 같은 단계에 이르게 되고,
> 마침내 이성을 지닌 영혼을 갖게 된다고 한다.

토마스 아퀴나스는 13세기에 아리스토텔레스의 '성별에 따른 점진적인 영혼 주입 이론'을 받아들였는데, 이 이론에 따르면 여성은 비록 2등급의 것이기는 하지만 영혼을 갖고 있다는 것이었다. 아리스토텔레스에 의하면 태아는 처음에 식물과 같은 삶을 살지만, 시간이 지나면서 동물과 같은 단계에 이르게 되고, 마침내 이성을 지닌 영혼을 갖게 된다고 한다. 여기서 아리스토텔레스는 영혼이 주입되는 시기에 차이가 있다고 보았다. 남자아이인 경우 수태된 지 40일째 되는 날에 혼이 불어넣어 지지만, 여자아이인 경우에는 80일째 되는 날에 영혼이 주입된다는 것이다. 토마스 아퀴나스는 이 이론에 만족했고, 여성이 도대체 어떻게 존재하게 되었는지에 대한 설명을 이 이론에 덧붙이기도 하였다. "결함 있는 정액이나 습한 바람 때문에 여자 아이가 생긴다."

이보다 800년 앞선 5세기에는 여성의 영혼에 관한 문제를 최종적으로 해명하기 위해 마콘 공의회가 열렸다. 이 공의회는 낙원에서 쫓겨난 책임이 하와에게 있으므로, 예수의 어머니 마리아를 제외한 모든 여성은 타락한 영혼을 지니고 있다고 결론지었다. 그러나 또 다른 표결에서는 마침내 여성에게도 영혼이 있음을 간신히 반수가 넘는 표수로 인정하였다.

운동하기 전의 섹스는 경기력을 좌우할까

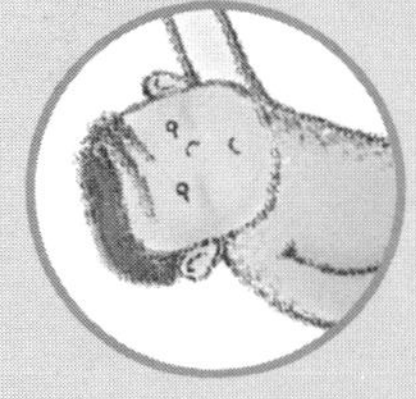

운동은 건강뿐만 아니라
애정 관계에도 도움이 된다.

스포츠 경기 전에 섹스를 하면 경기력이 떨어진다

마라톤 선수인 경우를 제외하고는 틀린 말이다. 위와 같은 주장이 늘 제기됨에도 불구하고, 경기 전에 섹스를 하지 말아야 한다는 계명에는 별 의미가 없다. 운동 선수들은 오늘날까지도 중요한 경기를 앞 둔 전날 밤에는 섹스를 피하고 있다. 그리스에서 열렸던 제1회 올림픽 경기 참가 선수들은 이미 '사랑의 유희를 통한 체액의 상실' 을 극도로 해로운 것으로 여겼으며, 따라서 이러한 체액 상실은 기록경기 종목 운동선수들의 품행과는 맞지 않는 것이었다. 체조의 아버지라 불리는 얀은 청소년들에게 '젊은 기운을 탕진시키는 정욕' 을 조심하라고 강력히 경고하기도 했다. 경기 시작 24시간 전부터는 섹스를 금해야 한다는 것이 얼마 전까지만 해도 모든 단체경기 종목 선수들 사이에서의 불문율이었다. 그러나 이 모든 것은 전적으로 잘못된 생각이다.

스위스의 한 연구팀은 이 문제를 조사했다. 여러 종목의 일류 선수들에게 이틀 동안의 훈련과 섹스에 관한 정확한 계획이 주어졌다. 아침 여섯 시에 선수들은 집에서 친숙한 분위기 속에서 섹스를 갖고, 두 시간 뒤에는 실험실의 주행 계측기 위에서 첫 번째 최대 부하負荷 시험을 받아야 했다. 이 부하 시험은 점심과 저녁때에도 실시되었다. 하루 세 번에 걸친 이러한 부하 시험은 아침에 섹스를 갖지 않은 다음 날에도 실시되었다. 이들 시험에서는 최대 실행 능력과 산소 흡입량, 맥박과 혈압을 측정했다.

섹스를 하면 컨디션이 나빠진다는 풍문은 단지 빈약한 진실만을 담고 있었다. 단거리 선수들은 섹스와 상관없이 이미 첫 번째 시험에서 그들의 역량을 십분 발휘하였다. 축구 선수들과 노르딕 주자들만이 근소한 능력 저하를 보였다. 하지만 이러한 능력 저하도 섹스한 지 10시간이 지난 후에는 원상 회복되었다.

캐나다 몬트리올에 있는 맥길 대학교의 스포츠 의학자들도 섹스 습관이 운동 경기에 어떤 영향을 미치는지를 조사했으며, 그 결과를 '스포츠 의학 임상 잡지' 에 발표했다. 이들은 올림픽 참가 선수들과 미식축구 선수들, 달리기 선수들을 대상으로 한 조사에서 다음과 같은 결과를 확인했다. 단거리 선수들에게는 경기 직전의 섹스가 아무런 경기력 저하를 가져오지 않은 반면에, 지구력을 요하는 종목의 선수들에게 있어서는 피로 현상이 나타났다. 구기 종목 선수들과 조깅하는 사람들은 몇 시간만에 다시 컨디션을 회복한 반면, 마라톤 선수들은 컨디션을 회복하기까지 약 열 시간이 걸렸다.

 남과 여에 관한 진실과 거짓

운동 선수들은 정력이 특히 세다

이 또한 틀린 말이다. '스포츠는 살인 행위' 라는 속설이 있다. 지속적으로 지구력 훈련을 하는 남성은 실제로 허리에는 아무런 유익함을 주지 못한다. 중간 정도의 부하로 약 20분간 훈련용 자전거를 타는 것과 같은 단시간에 걸친 체력 소모는 테스토스테론의 양을 늘게 하며, 따라서 정력 증대에 도움이 된다. 반면에 지구력을 기르는 운동에 있어서 테스토스테론의 양은 훈련 시간에 반비례한다. 예를 들어 두 시간 이상을 뛰면, 테스토스테론 농도는 25퍼센트에서 50퍼센트 정도 떨어진다. 다시 정상 농도로 회복되기까지는 24시간에서 72시간 정도 걸린다.

달리기 선수들과 역도 선수들을 운동 선수가 아닌 일반인과 비교했을 때, 달리기 선수들의 정자 수는 일반인이 지닌 정자 수의 약 50퍼센트에 불과하고, 역도 선수들의 경우는 일반인 정자 수의 약 75퍼센트로 달리기 선수들보다는 낮지만 일반인들보다는 훨씬 적음을 알 수 있었다. 정자의 움직임도 역도 선수들의 경우에는 정상이었지만, 이에 반해 달리기 선수들에게 있어서는 활발하지 못했다. 비정상적으로 작고 미숙한 정자들 수도 달리기 선수들의 경우 2배 이상 많았다.

운동은 애정 관계를 맺는 데에도 도움이 된다

맞는 말이다. 운동이 건강에만 도움이 되는 것은 아니다. 당장 10분간 달리기를 한 뒤 얼마 지나지 않아 멋진 사람을 만나게 되면, 운동을 하지 않았을 때보다 이 사람을 더 매혹적으로 느끼게 된다는 사실이 과학적으로도 입증되었다.

이런 현상은 뇌와 신체 사이에 생긴 오해로 인한 것이다. 지구력을 기르는 운동을 하면, 부신피질은 더 많은 아드레날린을 혈액 속에 공급하라는 명령을 척수를 통해 받게 된다. 이를 통해 뇌의 반응 속도는 빨라지고, 동시에 자율신경계를 통해서 동맥벽에 있는 근육에 이완하라는 명령이 내려지며, 이로써 혈관 속의 피는 더 잘 통하게 된다. 이 때 늘어나는 혈액 속의 산소 결핍을 해소하기 위해 호흡과 심장 박동은 빨라지고, 소위 자극 전이가 일어난다. 이러한 신체의 흥분 상태는 다시 뇌에 통보되고, 이에 따라 뇌는 지각 한계를 낮추며 자극에 더 민감하게 반응하게 된다.

그러나 뇌는 때때로 우리 몸에 나타나는 신호를 잘못 해석한다.

심장 박동이 빠른 현상에 대해서는 여러 가지 해석 가능성이 있으며, 이에 따라 대뇌의 변연계가 심각한 오류에 빠질 수 있기 때문이다. 다시 말해 감정을 관할하는 중심부가 자극 유발 요인을 잘못 파악하기도 한다는 것이다. 미국의 사회심리학자 아트 애런은 이 현상을 다음과 같이 설명하고 있다. "당신이 당장 10분 동안 조깅을 해서 심장 박동이 빨라졌을 때 어떤 멋진 사람이 지나가는 것을 보게 된다면, 당신은 그를 유난히 더 매혹적으로 느끼게 될 것입니다."

애런이 시행한 설문 조사에 따르면 전체 애정 관계의 15퍼센트가 이러한 자극 전이에서, 다시 말해 운동으로 땀을 흘리고 난 후나, 스릴 있는 팔팔 열차를 탄 후에, 또는 공포 영화를 보고 난 후나, 시험을 치른 후의 파티 등에서 시작되었다고 한다.

오나니(onanie)는 자위행위와 관계가 있다

틀린 말이다. 오나니는 자위행위와 아무런 관련도 없다. 라틴어에서 자위행위를 뜻하는 정확한 의학적 개념은 '마스투르바치온Masturbation'으로, 이는 '손'을 뜻하는 라틴어의 '마누스manus'와 '음란'을 뜻하는 '스툽룸stuprum'에서 나온 말이다. 오나니를 자위행위와 동일시한 것은 19세기에 이르러서이다. 그 이전까지 '오나니'라는 말은, 남자가 사정하기 전에 여유를 두거나 혹은 여유를 두지 않고 페니스를 질에서 빼내는 행위, 다시 말해 성교 중절Coitus interruptus을 일컫는 명칭으로만 사용되었다.

'오나니'라는 말은 성서에서 유다의 아들로 등장하는 인물인 오난에게서 나온 것이다. 오난은 당시에 죽은 형의 부인을 임신시키기를 거부함으로써 중대한 죄를 범했다. 오난은 자기 형 에르가 죽자 당시 관습에 따라 형수와 잠자리를 같이 해야 했는데, 이는 형수와의 사이에서 아이를 낳음으로써 형의 혈통을 이어주기 위함이었다.

오난은 형수와 잠자리를 같이 했지만, 이 규정을 피하려고 법규에 어긋난 행동인 성교 중절을 했다. 창세기 38장 9절은, "그러나 그 씨가 자기 것이 되지 않을 줄 알고 오난은 형수와 한 자리에 들었을 때 정액을 바닥에 흘려 형에게 후손을 남겨 주지 않으려 하였다"라고 전하고 있다. 그 이후 이런 특별한 방식의 성행위에 대해 '오나니' 라는 말을 사용하고 있다.

따라서 오나니는 자위행위가 아니라 피임으로 보는 것이 옳다. 오난의 행동은 윤리적인 동기에서 비롯된 것이 아니라 단순한 계산에서 나온 것이었고, 상속 다툼에 기인한 것이었다. 그는 아버지로부터 받은 유산을 자기 아들들에게 물려주려 했던 것이다.

오난의 행동은 하느님 마음에 들지 않았고, 하느님께서는 그를 죽음으로 벌하셨다. 피임이라면 어떤 방식이든지 반대하는 교회의 태도는 아마도 고대의 이 사건에서 비롯된 듯하다. 성교 중절은 몇 가지 안 되는 가능한 피임법 중의 하나로서 명시적으로 인정받고 있지는 못하지만, 적어도 용인되고 있다. 이 방법으로 피임에 성공할 가능성이 매우 드물기 때문에 그럴 것이다.

자위행위는 그 자체로 성행위가 이뤄지는 것이기 때문에 죄가 된다

적어도 이런 내용이 성서에 명시되어 있지는 않으며, 따라서 이는 틀린 말이다. 주지하는 바와 같이 즐거움을 주는 일들 중 상당수가 가톨릭 교회의 죄 목록에 올라 있다. 하지만 놀랍게도 성서는 이 문제 전반에 대해 소극적이다. 자위행위를 인정하거나 심지어 허락하고 있는 것이 아니라, 이에 대해 포괄적으로 침묵하고 있다. 가톨릭 교회의 가르침에 있어서 자위행위는 물론 악한 행실로 간주되고 있지만 말이다.

그러나 그리스, 로마 시대나 초기 그리스도 교회에서 자위행위는 풍속을 해치는 행위이기 때문에 사악한 것으로 낙인찍힌 것은 아니었다. 자위행위는 그를 통해 귀중한 자원이 낭비되기 때문에 죄로 간주되었다. 그리스인들과 초기 그리스도교 사상가들은 남성의 정액 속에 소위 '호문쿨루스Homunculus'라는 이미 완성된 소인간小人間이 존재한다고 생각했다. 이 소인간은 의도한 대로 여성의 몸에 이식되지 않는 경우 죽게 된다는 것이었다. 이로부터 자위행위는 인간 생명을 대량으로 죽이는 것이며, 따라서 중대한 죄라는 결론이 나오게 되었다.

이러한 이론은 흥미로운 것으로, 그 기본 전제가 올바르기만 했다면 자위행위를 죄 목록에 올려놓은 정당성도 증명할 수 있었을 것이다. 하지만 이 이론에 의하면, 사정을 통해 매번 전투 지역으로 보내지는 수백만 개의 정자를 생각해 볼 때, 남성은 사정을 할 때마다 대량학살을 하는 것이 된다. 1826년 바에르의 카알 에른스트가 여성의 난세포를 발견하고 그로써 여성도 생식의 한 부분을 담당하고 있다는 사실을 밝혀냈을 때, 위의 이론은 실제로 시대착오적인 것이 되었다. 그러나 누군가에게 마땅치 않은 일들은 기꺼이 무시되기 마련이다. 그 때문에 자위행위는 여전히 죄로 간주되고 있다.

자위행위를 하면 머리도 나빠지고 건강도 해치게 된다

틀린 말이다. 정상체위로 단순하게 수행되는 방식을 벗어나는 모든 형태의 섹스는 20세기를 훨씬 지나서까지 병리학자의 연구 대상으로 여겨졌다. 예를 들면 오스트리아의 정신과 의사 리하르트 폰 크라프트에빙은 1886년에 이례적인 성행위를 모아놓은 책 '성적인 정신장애'를 펴냈는데, 방종한 행위 목록의 첫 부분에 자위행위가 실려 있었다. 자위행위는 당시 성적인 정신장애 목록에 포함된 병적인 행동이었고, 그로 인해 정신 박약의 위험도 있는 것으로 보았다. 그 때문에 빅토리아 여왕 시대1819~1901에는 발기 측정기라는 물건까지 개발되었으며, 부모들은 이 기구를 아들의 침대 속에 넣어 두었다. 이 기구가 제 기능을 발휘했는지 여부에 대해서는 전해진 바가 없다.

자위행위가 너무 잦으면 정신에 해롭다는 생각은 당시의 지배적인 이론들에서 크게 벗어난 것이 아니었다. 처음으로 남성 정액의 출처에 관해 숙고했던 사람들 중의 하나는 기원전 6세기에서

기대 수명은 오르가즘 횟수에 따라 길어진다는 사실이
그 동안 과학적으로 입증되었다. 정기적으로 성적 절정을 맛보는
남자들의 사망률이 금욕하는 남자들의 사망률보다 훨씬 낮다는 것이다.

5세기로 넘어가는 전환기에 살았던 크로톤의 알크마이온이었다. 그는 정액이 뇌의 일부라는 결론을 내렸으며, 따라서 사정을 할 때마다 불가피하게 지능도 떨어진다고 생각했다.

알크마이온의 동족이자 그 유명한 의학도 선서가 부당하게도 그의 이름에서 연유하고 있는 히포크라테스는 정액을, 척수를 거쳐서 생식기로 흘러드는 발효 물질로 생각했다. 그는 정액 상실은 척수를 바싹 마르게 한다고 여겼으며, 그에 대해 '지나치게 잦은 사정으로 인한 척수 위축증'이란 이름까지 붙여 주었다. 19세기에 나온 어떤 섹스 교본은 삼손이 힘을 잃게 된 이유가 그의 곱슬머리를 자른 데 있는 것이 아니라, 그가 내내 데릴라에 대한 사악한 생각을 품은 나머지 사정을 한 데에 있다고 보았다.

중세시대에는 성적인 즐거움이 악마로부터 온 유혹이며, 순직한 그리스도교인들을 망쳐놓는다고 생각했다. 자위행위를 계속하면 눈이 멀고, 성 불구자가 되며, 심지어 정신 착란까지도 피할 수 없다고 생각했다. 19세기 초에 나온, 남성의 자위행위로 인해 발생할 수 있는 장해 목록은 당시에 알려진 질병들에 관한 사전 전집을 거의 망라한 것이었다.

프랑스의 티쏘가 1774년에 쓴 '오나니 – 자위행위로 인해 발생

하는 질병들에 관한 논문'이라는 책에서는 척수 결핵과 마비, 성
교 불능, 장애아 출산, 간질의 가능성에 대해 경고하고 있다. 아이
들은 밤마다 알루미늄 장갑을 끼고, 정조대를 입어야 했다. 어른
들에게는 밤의 유혹에 대한 안전 장치로 소위 정액루 붕대가 있
었고, 심지어 철사로 만든 작은 조롱도 있었는데, 이것은 발기를
막기 위해 잠자리에 들기 전에 음경 주위에 두르던 물건이었다.
20세기 초만 해도 미국에서는 정교한 정조대라든지, 그밖에도 철
사와 띠로 만든 '자위행위를 막기 위한 기구들'에 대한 수십 개
의 특허권이 출원돼 있었다.

슈레버 정원의 창안이라는 뛰어난 일생의 업적을 갖고 있던 독
일의 의사이자 교육자인 다니엘 고트로프 모리츠 슈레버는 꽃을
재배하는 일 이외에도 외설 문제에 관심을 가졌다. 그는 자기가
고안한 수음 방지 기구들로 자기 자녀들을 학대했는데, 그 결과
그의 여섯 자녀들 가운데 네 자녀가 정신병원에서 숨을 거뒀다.

다른 문화권에서는 그렇게 정숙한 체하지 않았다. 19세기에 아
프리카의 출루 전사들은 뛰어난 성과를 올린 경우 그들 종족으로
부터 '의례적인 자위행위의 날'이라는 상을 받았는데, 자위행위
시에 그들은 미혼 여성들의 도움을 받았다. 기대 수명은 오르가즘
횟수에 따라 길어진다는 사실이 그 동안 과학적으로 입증되었다.
정기적으로 성적 절정을 맛보는 남자들의 사망률이 금욕하는 남
자들의 사망률보다 훨씬 낮다는 것이다.

 남과 여에 관한 진실과 거짓

침팬지는 여자에게 단순한 의미만을 가지지 않는다

석기 시대에 남성과 여성이 함께 사냥에
나섰다는 사실에 대한 많은 증거를
여성 인류학자들이 발견한 이래
석기 시대의 사냥꾼과 채취자 모델은
시대착오적인 것이 되고 말았다.

남자가 여자보다 먼저 태어났다

틀린 말이다. 여자가 먼저 존재했고 그 후에 남자가 태어났다는 사실은 생물학적으로도 증명되었다.

창세기 내용에 따르면, 하와는 아담의 갈비뼈 중 하나에서 생겨났다. 고대시대에 여성의 몸은 남성 몸의 질 낮은 복사판에 지나지 않았다. 여성은 '훼손되고 잘못된 남성'으로 여겨졌다. 가톨릭 교회의 가장 중요한 교부들 가운데 한 사람인 아우구스티누스 성인354~430은 독신제로 인해 심각한 손상을 입은 나머지 실제로

> 남성적인 Y염색체는 여성적인 X염색체의 질 낮은 복사판에 불과하다.
> Y염색체는 X염색체에서 생성된 것으로 성을 결정하는 정보들만을 담고 있으며,
> 이중에서 가장 중요한 정보는 페니스가 어떤 모양을 지니는가에 관한 것이다.

"여성은 하느님 모상에 따라 창조되지 못한 질 낮은 존재이다. 이점은 여성이 남성에게 봉사하고 있는 자연법 상의 질서와도 일맥상통하는 것이다"라고 말했다.

다음 시기에 와서 자연과학자들은 대규모의 존재 배열, 다시 말해 정점에 계신 하느님으로부터 가장 낮은 단계에 있는 생물까지 아우르는 위계 질서에 관한 학설을 전개했다. 이 위계 질서에 있어서 여성은 원숭이와 남성 사이의 중간 존재로서 위치를 차지하고 있었다. 이 위치를 놓고 여성은 때때로 코끼리나 앵무새와 경합해야 했는데, 코끼리는 지능이 높고 앵무새는 말하는 재주가 있기 때문이었다. 찰스 다윈마저도 여성의 진화는 어느 지점에선가 멈춰버렸다고 확신했다. 그러나 생물학적으로는 여성이 기준이 되는 성이며, 남성은 나중에 생긴 존재라는 사실을 그 사이에 알게 되었다. 이 사실은 인간의 유전질을 담고 있는 염색체를 살펴보면 쉽게 입증된다.

모든 인간은 정확히 46개의 염색체를 갖고 있으며, 염색체는 늘 쌍을 이루고 있으므로, 달리 말하면 총 23쌍의 염색체를 갖고 있다고 할 수 있다. 염색체는 마지막 쌍인 두 개의 성염색체를 제외하고는 남성과 여성에게 있어 동일하다. 성염색체는 남성적인 Y염색체와 여성적인 X염색체로 구분되는데, 현미경으로 본 이들 염색체의 모양에 따라 이름이 붙여진 것이다. 남성은 XY조합을, 여성은 XX조합을 갖고 있다.

그런데 바로 이 사실에 근거해서 남성은 여성에 앞서 존재할 수 없는 것이다. 남성적인 Y염색체는 여성적인 X염색체의 질 낮은 복사판에 불과하다. Y염색체는 X염색체에서 생성된 것으로 성을 결정하는 정보들만을 담고 있으며, 이중에서 가장 중요한 정보는 페니스가 어떤 모양을 지니는가에 관한 것이다.

이리 돌리고 저리 뒤집어 보아도 하와가 먼저 존재했음이 틀림없다.

교회는 이러한 연구에 관한 소식을 듣고 즉시 이에 대해 관심을 표명했으며, 주교회의의 대변인을 통해 누가 먼저 존재했는지는 중요한 문제가 아니라고 발표했다. 하느님께서는 남성과 여성 모두를 원하셨다는 것이었다. 이 점에 대해 교황 요한 바오로 2세는 1988년에 여전히 다음과 같이 선포했다.

"여성은 조용히 경청하고, 전적으로 순응해야 합니다. 나는 어느 여성에게도 가르치고, 남편을 멸시하는 것을 허락하지 않습니다. 아담이 먼저 창조되었고, 그 뒤에 하와가 탄생했습니다." 할렐루야.

여성이 가사家事를 돌보고 남성이 돈을 버는 것은 자연 질서에 따른 것이다

틀린 말이다. 이미 15세기에 교회의 한 대변자가 소위 남성과 여성의 타고난 역할 분담이란 것에 대해 가장 그럴듯한 근거를 생각해냈다. 여성이 집에 머물러 있어야 하는 것은 너무도 당연한데, 이는 여성의 난소가 몸 속에 있기 때문이라는 것이다. 이와는 반대로 남성은 집 밖의 일에 더 적합한데, 그 이유는 남성의 페니스가 외부로 나와 있기 때문이라는 것이었다. 토마스 아퀴나스는 이보다 200년 앞서 이 문제를 논점으로 삼았다. "여성의 본질적 가치는 출산 능력과 가계 상의 유용함에 있다."

아리스토텔레스도 이러한 성별 질서를 하느님께서 의도하신 것으로 보고 있으며, 이에 대해 비슷한 근거를 제시했다. 여성이 남성의 정액을 받아들이는 것이지 그 반대가 아니기 때문에, 남성은 밖에 나가 재산을 획득하는 대신, 여성은 집에 머물며 재산을 관리하고 남성에게 맛있는 팬케이크를 만들어 주는 것이 너무도 당연하다는 것이었다. 20세기에 들어와서도 여성은 근본적으로 수동적인 존재로 간주되었는데, 여성은 마치 그릇처럼 남성의 정액을 수용한다고 생각했기 때문이었다.

대학에서 강연을 갖기도 한 법률가였기 때문에 아마도 이런 문제들에 대해 인정받는 전문가였을 에른스트 브란데스1757~1810는 1787년 당시 매우 대중적인 인기를 끌었던 책 '여성에 관하여' 에서 다음과 같이 밝히고 있다. "여성은 육체적으로 허약한 체질을 지니고 있으며 정신능력도 덜 발달되었기 때문에, 사회 생활이나 정치 생활에 관여하기에는 적합하지 않다. 교양 있는 예의범절이 전수되고는 있지만, 지나치게 풍부한 교양이나 심지어는 정신적인 일조차도 여성의 약한 신경 조직을 불필요하게 해치고 있는 것이다. 어차피 여성은 그 본성 상 생식이나 가사만을 위한 존재이다."

그러나 이러한 주장들 이외에도 인간의 발전사에 있어서 남성이 사무를 보거나 공장에서 일하는 데에 더 적합하다는 근거 및 생물학적 이유는 발견되지 않고 있다. 남성이 노동을 하고 여성이 집 안에 있게 된 것을 더 이상 역사적인 우연으로 볼 수는 없다. 예를 들면, 소를 길들이고 쟁기를 발명함에 따라 양식을 얻는 일은 남성의 근력으로 더 잘 수행할 수 있는 일이 되었다. 이에 반해 인간의 손으로 밭을 갈았던 문화권에서는 여성이 대부분의 농사일을 담당했던 것이다.

석기 시대에 남성과 여성이 함께 사냥에 나섰다는 사실에 대한 많은 증거를 여성 인류학자들이 발견한 이래 석기 시대의 사냥꾼과 채취자 모델은 시대착오적인 것이 되고 말았다. 다시 말해 반드시 남자가 아내와 자녀에게 생명에 중대한 열량을 공급했던 것만은 아니라는 것이다. 가족의 생계를 위해 필요한 열량의 70퍼센트는 여자들이 초원에서 인내하며 채집했던 식물로부터 공급되었다는 사실을 새로운 연구들이 보여주고 있다. 여자들이 동굴 속에서 털가죽만 문지르고 있지는 않았다는 것이 확실하다. 오늘날 대부분의 학자들은 여성도 남성과 똑같이 사냥에 나섰고 도구들을 발명했다고 확신하고 있다. 차이점이 있다면, 여성의 묘에서 나온 절굿공이는 여자들이 곡식을 빻았다는 사실에 대한 증거물로 여겨지며, 남성의 묘에서 나온 절굿공이는 묘 주인이 그것을 만들었다는 것을 가리키는 증빙 자료로 간주된다는 것이다.

초콜릿은 사랑에 번민할 때 도움이 된다

맞는 말이다. 초콜릿은 천연 상태의 암페타민이며, '사랑의 분자'로 알려진 페닐레틸라민을 다량으로 함유하고 있다. 페닐레틸라민은 몸 안에서도 생성되는데, 사랑은 이 호르몬을 성적으로 흥분될 때 활성화되는 뇌 부위에 유포시킨다. 사랑에 빠진 사람들의 피 속에는 다량의 페닐레틸라민이 함유되어 있음이 밝혀졌다. 페닐레틸라민 수치는 로맨틱한 분위기에서 치솟는 반면, 감정이 침체된 상태에서는 떨어진다. 그러나 페닐레틸라민을 입으로 섭취하는 경우 단기적인 효과만을 기대할 수 있다. 이 때 페닐레틸라민은 신진대사를 통해 급속히 흡수돼서 장기적인 효과를 보지 못한다.

통속 소설은 사랑의 대용물이다

적어도 여성에게 있어서는 맞는 말이다. 초콜릿에 적용되는 것이 또한 연애 소설에도 적용된다. 다시 말해 연애 소설도 사랑의 호르몬인 페닐레틸라민의 농도를 높인다는 것이다. 독서는 여성의 성생활에 긍정적인 영향을 준다. 연구에 따르면 정기적으로 연애 소설을 읽는 여성은 책을 덜 읽는 여성보다 두 배나 자주 섹스를 갖는다고 한다.

이에 반해 연애 소설은 남성의 호르몬 농도에는 영향을 주지 못한다. 그 원인은 독서를 할 때 남성과 여성이 서로 다른 뇌 부위를 사용하는 데 있다.

뇌 측정 결과에 따르면, 남성은 말할 때와 마찬가지로 읽을 때에도 이성적인 뇌 반구인 왼쪽 뇌만을 사용한다. 반면에 여성은 양쪽 뇌 반구, 즉 정서를 담당하는 중추와 논리를 담당하는 중추를 모두 사용한다. 남성의 경우 왼쪽 뇌와 오른쪽 뇌는 여성에 비해 훨씬 적은 수의 신경로들로 서로 연결되어 있다. 남성의 경우

독서는 이성을 관할하는 뇌 부위에서만 일어나지만, 여성에게서
는 감정을 관할하는 중추도 동시에 작용한다. 이는 아마 남자들이
연애 소설을 읽는 것보다 세금 신고서를 읽는 것에 더 흥미를 느
끼는 이유가 되기도 할 것이다.

사랑에 번민하면 병이 난다

맞는 말이다. 피사 대학교의 학자들이 이 문제를 다루었으며, 사랑에 번민하면 중독증과 유사한 금단 현상이 일어나는 것을 확인했다.

사랑에 빠진 감정으로 인해 세로토닌이 분비되는데, 이 물질은 신경세포들 간의 신호들을 전달하는 행운의 사신이라 할 수 있다. 사랑에 빠진 감정은 친밀성과 친숙함, 신뢰성을 높이며, 정서적으로 상승된 기분을 갖게 한다. 또한 사랑에 빠진 감정으로 인해 성욕이 증대될 뿐만 아니라 섹스하는 즐거움에 눈뜨게 되고, 오르가즘에도 쉽게 도달하게 된다. 세로토닌은 트립토판을 원료로 해서 만들어진다. 트립토판은 아미노산 중의 하나로서 인간이 스스로 만들어낼 수 없는 물질이며, 따라서 음식물을 통해 섭취된다. 세로토닌이나 트립토판을 함유하고 있는 음식물로는 바나나와 파인애플, 딸기, 나무딸기 등과 같은 과일이 있다. 초콜릿도 세로토닌의 생성을 촉진시킨다. 이는 좌절감을 잊기 위해 음식물을 먹고 나면 대부분 기분이 나아지는 사실에 대한 설명이 된다.

인간의 몸 속에는 약 10밀리그램의 세로토닌이 들어 있다. 세로토닌 농도가 떨어지면 기분 상태도 나빠진다. 세로토닌 결핍이 지속되면 병이 날 수도 있다. 다시 말해 이런 사람들은 불안감을 겪으며, 이로 인해 의식화儀式化된 행위를 늘 반복하게 된다. 박테리아에 대한 불안감이 끊임없이 손을 씻게 만드는 것을 그 예로 들 수 있다. 이런 증상을 강박성 신경증이라 한다.

피사 대학교의 학자들은 사랑에 번민하고 있는 사람들의 세로토닌 농도를 강박성 신경증 환자들의 농도와 비교했는데, 예상치 못한 결과가 나왔다. 이들 두 그룹의 세로토닌 농도는 아주 비슷했으며, 이들 모두 세로토닌 결핍을 겪고 있었다. 강박성 신경증 환자들이나 사랑에 번민하고 있는 사람들은 자주 어떤 일이나 어떤 사람에 관한 생각에 오랜 시간 몰두하곤 한다고 학자들은 설명했다. 그들의 심리 상태는 균형을 잃은 것이다. 사랑에 번민하는 사람들은 약간은 미친 사람처럼 행동한다. 생화학적 관점에서 보면 이들은 병들었다고 할 수 있다.

이런 상태는 최악의 경우 일 년 정도 지속된다. 뇌에서의 세로토닌의 결핍은 무엇보다 먼저 치료되어야 할 일종의 스트레스 상태라 할 수 있다. 세로토닌 농도는 다시 평균치에 도달하게 되는데, 이와 동시에 비정상적으로 사랑에 빠진 감정도 진정된다.

사랑에 빠진 감정은 일정 기간만 지속되며, 그 이후 그에 대한 뇌 작동은 자동으로 중단된다

맞는 말이다. 사람이 만일 사랑에 빠진 감정을 지속적으로 갖게 된다면, 그는 항상 술에 취해 사는 사람과 마찬가지로 항상 불안전한 삶을 살게 될 것이다. 학자들은 사랑의 황홀감은 길어야 3년이며, 그 이후에는 호르몬이 빗장을 지른다고 말하고 있다.

입증된 과학적 견해에 따르면 사랑은 천연 암페타민을 통해 유발되는데, 이 물질이 뇌를 가득 채우고 감정을 관할하는 중추로 흘러간다는 것이다. 그러나 어느 정도 시간이 지나면 뇌는 이러한 지속적인 고도의 긴장 상태를 견딜 수 없게 된다. 말초 신경이 면역성을 갖거나 무뎌지며, 고조된 감정도 가라앉는다. 사랑의 황홀감은 일반적으로 2, 3년 간 지속된다.

이러한 일시적인 황홀감이 사라지면 연인들의 머리 속에서는 변화가 일어난다. 이들의 뇌는 동시에 작동하며, 서로 개입하고,

정서적으로나 육체적으로 서로에게 맞춰진다. 새로운 자극이 사라짐으로써 흥분이 가라앉게 되면, 뇌는 엔도르핀이라는 또 다른 화학물질을 내보내게 된다. 엔도르핀은 천연 물질로, 정서를 안정시키는 모르핀과 유사한 물질이다. 엔도르핀이 뇌의 도관을 가득 채우게 되면 사랑의 둘째 단계인 애정이 시작된다. 그러나 깊은 애정의 전제 조건은 사랑의 황홀감이 그에 앞서 끝나야 한다는 것이다.

사랑은 인간이 정서적으로나 신체적으로 균형을 이루는 데 있어 중대한 역할을 하고 있으므로, 홀로 있음에 아픔을 느끼도록 뇌의 프로그램이 짜여져 있는 것이 분명하다. 인간은, 더 정확히 말하자면 대뇌피질은 무엇이 민감한 신경속을 자극하는지를 습득하며, 이러한 자극을 늘 새롭게 찾는다. 연인의 체온을 느끼거나, 적어도 매일 여러 차례 전화 상으로라도 연인의 목소리를 들으려는 것이 그 예이다. 그러나 측좌핵은 자기 보호 차원에서 이러한 지속적인 보상 스트레스와는 반대로 조정하며, 전달 물질의 범람에 대해 자신의 도킹 자리 수를 점차적으로 줄여간다. 이렇게 해서 연인들이 함께 하는 시간이 길어지거나 잦을수록 황홀감은 쇠퇴하는 것이다.

발전사적인 측면에서 말하자면, 남성과 여성은 섹스를 갖고 번식하기 위해서 충분히 오랫동안 서로에게 매혹됨을 느낄 수 있어야 한다.

첫키스는 여성이 남성의 유전자를 검사하는 테스트다

맞는 말이며, 이는 어쨌거나 무의식적으로 이뤄진다. 학자들은, 첫키스를 할 때 여성의 뇌는 자신도 모르게 남성의 침을 화학적으로 분석하며, 이를 통해 유전학적인 적합성과 부적합성에 관한 결론을 이끌어낸다는 것을 밝혀냈다. 그밖에 남성의 면역체계가 어떤 상태에 있는지도 인식된다고 하였다. 만약 그 결과가 부정적이라면, 그 남성과의 관계도 장래성이 없다는 것이다.

지기스문트 리브로비츠는 이미 1877년에 그의 저서 '키스와 키스행위'에서 키스의 기원을 밝히고자 하였다. 키스를 하는 동물은 없다고 누구나 쉽게 생각한다. 그러나 이는 착오이다. 아주 많은 동물들이 키스를 하고 있으며, 그것도 키스의 기원일 가능성이 있는 의식화儀式化된 음식물 전달 형태로 하고 있다. 한 배우자가 다른 배우자에게 먹을 것을 구해오고, 서로 그것을 나누게 된다.

또한 이러한 음식물 전달 형태는 예전에도 어머니와 자녀 사이에서 종종 이뤄졌으며, 오늘날에도 어머니가 음식물을 씹어서 아이 입에 넣어주는 모습을 세계 여러 지역에서 드물지 않게 찾아볼 수 있다.

생물학적으로 키스는 동물들이 자기 짝을 찾는데 통상적으로 쓰는 수단으로, 킁킁거리며 냄새맡는 것과 다를 바 없다. 이를 통해 피부 밖으로 분출되는 페로몬을 포착하게 되는데, 페로몬은 백만 분의 일 밀리그램의 무게를 지닌 분자로 섹스를 관할하는 뇌 중추인 시상하부에 직접 작용한다. 특히 많은 양의 페로몬이 콧방울에서 분출되는데, 키스할 때 상대방의 콧구멍은 이 위치에 있게 된다. 많은 포유동물들은 페로몬을 감지하는 특별한 감각기관을 갖고 있는데, 이는 비격막에 있는 서비골 기관으로, 그 동안 학자들은 인간에게도 이 기관이 있음을 밝혀냈다.

물론 프로이트도 키스에 관한 이론을 전개했다. 그는 젖먹이가 젖을 빠는 데에서 키스가 비롯됐다고 보았다. 젖먹이는 언젠가는 젖을 떼며, 그 대신에 키스하게 된다는 것이다. 아기는 젖의 대용물로 자기 엄지손가락을 빨지만, 이는 젖을 빠는 것보다 덜 만족스럽다고 한다. "이 두 번째 부위(엄지손가락)의 열등함은 후에 젖과 비슷한 느낌을 주는, 다른 사람의 입술을 찾게 만든다."

프로이트는 생후 18개월에 이르기까지 젖먹이의 가장 큰 즐거움은 엄마의 젖꼭지를 빠는데 있다고 생각했다. 이 단계가 만족스럽게 진행되면, 아기는 그 이후 기쁜 마음으로 다음 단계들로 넘어간다고 한다. 하지만 이 구강 단계가 불만족스럽게 진행되면 아기는 그 단계에 머물러 있게 되며, 어른이 되어서도 입으로 쾌락을 얻으려 한다는 것이다. 이는 특히 병적인 수다스러움, 곧 '말설사'를(오로지 여성에게서만 있는 것은 아니지만) 불러일으키게 된다고 프로이트는 말하고 있다. 그렇다면 모유 대신 젖병을 빨며 자란 아이들의 경우는 어떠한가? 이 아이들은 후에 키스를 안 하는가? 아니면 키스를 잘하지 못하는가?

프로이트가 알지 못했던 사실이 있는데, 그것은 태아가 이미 엄마 뱃속에서 자기 엄지손가락을 빨고 있다는 사실이다. 태아가 엄마 뱃속에서 추잡한 생각을 하고 있는 것일까?

남자들의 물건은 체격이나 인종에 따라 차이가 있을까

뚱뚱한 남자들의 페니스가 더 작아 보이는 유일한 이유는 축적된 복부 지방이 페니스의 끝 부분을 가리고 있기 때문이며, 복부 지방이 없다면 이 부분은 보이게 된다.

페니스가 클수록 여성의 오르가즘도 강렬해진다

틀린 말이다. 이런 생각은 널리 퍼져 있지만, 벨기에 의사 보 쿨사에의 연구 결과에 따르면 이는 단지 입증되지 않은 사실에 대한 남자들의 막연한 희망 사항에 지나지 않는다. 여성에게 있어 섹스에 민감한 부위는 질 입구와 클리토리스이지, 길다란 페니스가 돌진하는 곳이 아니다. 질 입구와 클리토리스에 대부분의 말초신경이 집중되어 있으므로, 긴 페니스가 불러일으키는 느낌은 그보다 짧은 것이 유발하는 느낌과 별반 다르지 않다. 페니스는 본래 자기 임무를 수행할 수 있을 정도의 길이면 충분한데, 다시 말해 소변을 배출하고, 질 속을 탐사할 수 있을 정도의 크기로 발기하면 된다.

속담에도 "짧고 굵은 것은 여자에게 행복감을 주지만, 길고 가는 것은 여자에게 고통을 준다"는 말이 있듯이, 만약 이상적으로 만족감을 주는 치수가 실제로 존재한다면, 페니스의 굵기가 오히려 관건이 될 것이다. 10세기에 아랍의 유명한 의사였던 아비체나는 다른 의견을 갖고 있었다. 작은 페니스는 여자가 충족감을 느끼지 못하는 이유가 될 수 있고, 충족되지 못한 여자들은 "정욕의 마법 상태에 머무르게 되며, 그 결과 다른 여자들과의 수음을 통해 도피처를 찾는다"는 것이었다. 그러나 페니스의 크기와 여성의 충족감 사이에는 아무런 관련도 없다.

질의 신체구조 상 특성 이외에도, 어쨌든 발기 상태에서는 특대 크기와 중간 크기 사이에 거의 차이가 없다는 점도 고려해야 한다. 작은 페니스는 길이에서 모자라는 것을 잠재된 팽창력을 통해 보충하고 있다. 그 때문에 전문가들은 살 음경(크기)과 혈액 음경(굵기)에 관해 얘기하고 있다. 이미 1970년대에 성 연구가인 매스터스와 존슨은 10.7센티미터 되는 페니스가 발기하면 평균 5.5센티미터, 즉 약 50퍼센트가 더 늘어남을 측정을 통해 확인했다. 이에 반해 7.5센티미터로 아주 작은 페니스는 발기 시 120퍼센트가 더 늘어나 16.3센티미터가 되었다는 것이다. 커다란 페니스는 발기되지 않은 상태에서는 당당해 보일 수 있지만, 발기 상태에서는 빨리 수그러진다.

심리학적으로도 크기는 중요하지 않다. 한 조사에서 남자들과 여자들에게 정사 장면을 읽도록 했는데, 주인공의 페니스 크기에 대해서만 7.5센티미터에서 12.5센티미터나 20센티미터에 이르기까지 변화를 주었다. 그 결과 주인공이 정력이 센 사내였는지 약한 사내였는지를 판단하는데 있어 페니스 크기는 아무런 영향을 끼치지 않았다.

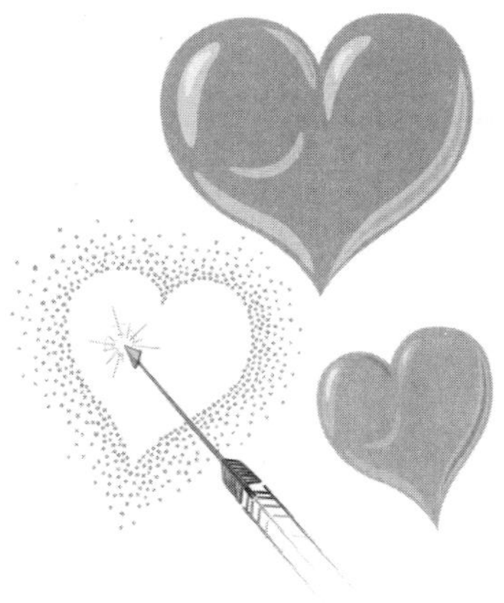

남자들은 여자들에게 그것을 자랑하려 한다

이 또한 틀린 말이다. 진화학자들과 동물학자들은 다른 견해를 갖고 있다. 남자는 이성이 아닌 동성에게 자기 성기 크기를 자랑하려 한다고 이들은 말한다.

수컷 성기가 위풍당당한 종일수록 암컷을 놓고 벌이는 수컷들의 경쟁은 그만큼 치열하다는 사실이 과학적으로 입증되고 있다.

인간을 여러 종류의 원숭이들과 비교해 볼 때, 인간이 몸 크기에 비해 가장 큰 페니스를 갖고 있음을 알 수 있다. 이 점에서 인간은 심지어 훨씬 더 무게가 나가는 고릴라를 능가하고 있는 것이다. 페니스의 평균 길이는 고릴라의 경우 불과 3센티미터에 지나지 않으며, 오랑우탄은 4센티미터, 침팬지는 7.5센티미터인데 비해 인간의 경우는 15센티미터에 달한다. 우리는 이런 사실을 통해 인간의 페니스가 다른 원숭이들에 비해 크고 눈에 띄는 까닭은 무엇이고, 남성의 페니스는 불필요한 원형질 투자이며 이는 오히려 대뇌피질에서 더 유용하게 쓰일 수 있지 않을까라는 질문을 할 수 있다.

이에 대한 설명은 아주 간단하다. 고릴라와 오랑우탄 수컷은 여러 마리의 암컷을 거느리고 산다. 물론 이를 여러 마리의 암컷이 수컷 한 마리를 먹여 살리고 있다고 말할 수도 있는데, 이는 관점의 차이인 것이다. 이에 비해 인간과 침팬지는 상대적으로 난혼亂婚 제도 하에서 살고 있으며, 다시 말해 수컷 여러 마리가 암컷을 두고 경쟁하고 있는 것이다.

커다란 페니스는 수컷이 다른 수컷들에게 과시하려는 대외 선전용 기관이며 따라서 가능한 한 커야 한다. 이는 힘과 배포를 드러내는 위협용 수단이자 신분 상징 수단으로, 사자의 갈기나 공작의 꼬리와 같은 것이다.

키가 큰 사람은 그것도 크다

틀린 말이다. 신장과 페니스 길이 사이에는 아무런 관련도 없다. 그와는 반대로 수컷의 키가 큰 종일수록 생식기의 크기는 작다는 것이 과학적으로 입증되고 있다.

유럽과 미주 지역 남성의 발기된 페니스의 표준 길이는 16.3센티미터이다. 여기서 남성의 키가 얼마인가는 중요하지 않다. 미국의 성 연구가인 매스터스와 존슨이 이와 관련된 연구를 평가한 자료에 따르면, 키가 1.6미터인 남성과 1.9미터인 남성을 비교했을 때 페니스 길이의 차이는 0.2센티미터에 불과했다.

미국의 롱 돈 존은 발기 시 48.3센티미터에 달하는 가장 큰 페니스를 갖고 있는데, 그의 키는 1.82미터에 불과하다. 발기된 페니스의 길이가 30센티미터를 넘는 남자들의 수는 전 세계에 약 5,000명 정도로 추산되며, 그들의 키는 1.6미터에서 2.07미터에 달한다. 고대 그리스에서는 커다란 페니스를 우스꽝스러운 것으로 여겼으며, 작고 귀여운 것을 선호했다. 커다란 페니스를 갖고 있는 남자는 웃음거리가 되었으며, 생식력도 약한 것으로 간주되었다.

페니스 크기가 서로 다른 이유에 대한 수수께끼를 과학도 여전히 풀지 못하고 있다. 확실한 점은 페니스의 길이는 유전적으로 정해지며, 페니스는 다른 신체 부위와 함께 자라지 않는다는 것이다. 따라서 키가 1.6미터인 사람이 2미터인 사람보다 더 큰 성기를 가질 수 있는 것이다.

> **"**
> 페니스 크기가 서로 다른 이유에 대한 수수께끼를 과학도 여전히 풀지 못하고 있다.
> 확실한 점은 페니스의 길이는 유전적으로 정해지며,
> 페니스는 다른 신체 부위와 함께 자라지 않는다는 것이다.
> **"**

영국의 생물학자이자 저술가인 로빈 베이커는 그의 책 '정자들의 전쟁'에서 고환의 굵기가 페니스의 길이보다 더 중요하다고 주장했다. 고환이 큰 남자들이 더 자주 사정을 하며, 섹스를 할 때마다 정자를 더 많이 사출한다는 것이다.

그의 이론은 영장류들 간의 비교를 통해 뒷받침되고 있다. 다시 말해 유인원들에 있어서 수컷의 키가 클수록 페니스의 크기가 작다는 것이다. 가장 큰 유인원인 고릴라는 인간보다 머리 하나 정도는 더 크고, 어깨 넓이도 최소 두 배는 된다. 하지만 고릴라의 생식기는 발기 시 고작 5센티미터에 불과하며, 몸집은 훨씬 작지만 이보다 두 배나 되는 침팬지의 페니스와 비교해 볼 때 작은 고추에 지나지 않는다.

고릴라와 같은 커다란 유인원은 많은 암컷을 거느리고 있어 선택의 폭이 넓음에도 불구하고 일 년에 수차례만 섹스를 가지며, 그것도 5초간에 걸쳐서만 이뤄진다. 이에 반해 보노보스나 침팬지와 같은 작은 유인원은 많은 암컷을 거느리고 살지는 않지만, 기회 있을 때마다 섹스를 갖는다. 이것들이 지닌 고환은 고릴라의 고환보다 훨씬 크며, 따라서 정액도 항상 자유롭게 사용할 수 있을 만큼 충분하다.

뚱뚱한 남자들은 페니스가 작다

이 역시 틀린 말이다. 외견상 그렇게 보이지 않는다 할지라도, 뚱뚱한 남자들의 페니스 길이는 일반적으로 유럽과 미주 지역 남성 표준 크기와 똑같이 8.63센티미터(평상 시)에서 16.3센티미터(발기 시) 사이에 있다.

설문조사에 따르면, 뚱뚱한 남자들 중 거의 반수는 자기 페니스가 너무 작다고 생각하는 것으로 나타났다. 하지만 뚱뚱한 사람들의 페니스 크기가 평균치 이하일 것이라는 생각은 편견에 지나지 않는다. 뚱뚱한 남자들의 페니스가 몸매가 좋은 남자들의 페니스보다 더 작아 보이는 유일한 이유는 축적된 복부 지방이 페니스의 끝 부분을 가리고 있기 때문이며, 복부 지방이 없다면 이 부분은 보이게 된다. 따라서 뚱뚱한 사람들의 페니스 크기는 종종 작은 듯이 여겨지는데, 이는 특히 그들 자신의 관점에서 볼 때 그러하다.

그러나 실제적으로 크기에 있어 큰 차이가 나지는 않는다. 뚱뚱

66

뚱뚱한 남자들의 페니스가 더 작아 보이는 유일한 이유는
축적된 복부 지방이 페니스의 끝 부분을 가리고 있기 때문이며,
복부 지방이 없다면 이 부분은 보이게 된다.

99

한 남자들의 페니스가 보일 수 있게 되기 위해서는, 치골 위에 있는 지방을 몇 센티미터 없애야 한다. 따라서 뚱뚱한 사람이 자기 페니스를 위해 뭔가를 하고자 한다면, 페니스 길이를 늘리는 수술보다는 운동을 해야 할 것이다.

페니스는 또한 널리 유포된 생각과는 달리, 나이를 먹음에 따라 줄어들지 않는다. 다시 말해 페니스는 해가 지남에 따라 짧아지거나 가늘어지는 것이 아니다. 발기된 페니스의 길이나 굵기는 해면체의 크기에 따라 결정되는데, 해면체의 크기는 사춘기에 도달한 이후에는 더 이상 변화되지 않는다.

흑인 남자들은 선천적으로 매우 좋은 장비를 갖고 태어난다

틀린 말이다. 모든 인습적인 생각과는 반대로, 흑인의 생식기는 백인의 그것보다 크지 않다. 발기되지 않은 상태에서는 아프리카 혈통을 지닌 남자들의 페니스가 더 나은 평균치를 보이고 있지만, 발기된 상태에서는 코카서스인종, 다시 말해 북부와 중부 유럽을 포함하여 백색 피부를 지닌 모든 사람들의 페니스가 더 크다.

캐나다의 의사 리차드 에드워즈는 3년이 넘는 기간 동안 모든 인종에 걸쳐 남자들의 페니스 크기를 측정했다. 예상했던 대로, 발기되지 않은 상태에서는 코카서스 혈통을 지닌 남자들의 페니스 길이가 8.8센티미터에 그친 반면, 아프리카 혈통을 지닌 남자들의 길이는 9.4센티미터였다. 그러나 발기된 페니스의 길이는 코카서스 혈통을 지닌 남자들의 경우 16.3센티미터로, 평균 15.5센티미터에 그친 아프리카 혈통의 남자들보다 길었다. 스페인 혈통의 남자들은 15센티미터에 조금 못 미치는 길이로 흑인들의 뒤를 이었고, 한국과 중국, 일본, 베트남을 포함한 동아시아 사람들이 평균 14센티미터로 최하위를 기록했다.

그러나 모든 기쁨에도 불구하고 백인은 한 가지 불명예를 피할 길이 없는데, 다시 말해 페니스의 길이가 가장 큰 사람들은 백인이 아니라 동성애자들이라는 것이다. 에드워즈는 1999년에 킨제이 연구 보고를 새롭게 평가했으며, 모든 측정에 있어서 동성애를 하는 남자들이 이성을 사랑하는 남자들보다 높은 수치를 보였다는 결론에 도달했다. 이성을 사랑하는 남자들이 동성애를 하는 남자들보다 신장이나 체격 면에서 더 컸음에도 불구하고 말이다.

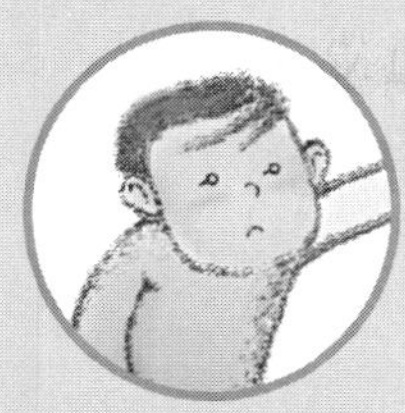

꽉 끼는 청바지, 섹시한 느낌과 관계가 있을까

감초는 남성의 테스토스테론 농도를
최대 44퍼센트나 떨어뜨린다.

대머리인 남자는 정력이 특히 세다

틀린 말이다. 대머리는 자주 대단한 정력을 나타내는 표지처럼 여겨지고 있으나, 탈모증은 정력과 아무 관련도 없다. 소위 보상 정의의 원칙에 따라, 윗부분에서 덜 행복한 부류에 속하는 사람이 그 때문에 자동적으로 아랫부분에서 선호되는 부류에 속하는 것은 아니다.

아름답고 숱이 많은 고수머리를 없애는 범인은 남성 호르몬인 테스토스테론이다. 이 호르몬은 모근에 축적되며, 점차적으로 머리카락에 혈액이 공급되는 것을 막아서 대머리가 되게 한다. 그렇지만 탈모증이 심할수록 테스토스테론 양이 많으며, 따라서 정력도 더 강하다는 단순한 셈을 산출하는 것은 옳지 않다.

이러한 속설에 대한 증거로 내시가 즐겨 동원된다. 고환이 없기 때문에 남성 호르몬도 적게 지니고 있는 규방지기 내시는 대머리가 되지 않는다. 내시는 결코 대머리가 되지 않는다는 현상에서, 대머리인 남자들은 남성 호르몬을 양동이로 풀 수 있을 정도로 생산하고 따라서 정력이 매우 강하다는 전설이 세상에 나오게 되었다.

혈액 내 테스토스테론 양의 증가는 증대된 성욕의 한 표지이지만, 대머리인 남자들이 필연적으로 혈액 속에 더 많은 테스토스테론을 지니고 있는 것은 아니며, 이들은 탈모증을 불러일으키는 수용체를 모근에 더 많이 갖고 있을 뿐이다.

남유럽 남자들은 정력이 특히 세다

이 또한 틀린 말이다. 라틴계 남자들은 완벽한 사내라는 자기들의 명성과 결코 시들지 않는 자기들의 정력에 대해 특별한 자부심을 갖고 있다. 그러나 최소한 두 번째 사항은 임의로 꾸며낸 말인데, '정력'이란 단어를 '남성의 생식 능력'이란 부차적 의미에서 이해할 때 그러하다. 북유럽으로 갈수록 남자들의 생식 능력은 더 좋으며, 유럽을 통틀어 가장 생식 능력이 좋은 남자들은 냉정한 핀란드 사람들이다.

그 원인은 남부 지방의 온화한 기후에 있다. 이미 1958년에 뷔르츠부르크 대학교 연구팀은 열기가 고환에서의 정액 생산을 감소시킨다는 사실을 증명했다. 이런 효과는 너무도 분명한 것이어서, 의학 서적에서는 고환을 살짝 데우는 것이 남성 피임법이 되지 않을까 늘 새롭게 논의되고 있다.

미국의 한 연구팀도 전 세계 남성의 정액을 검사하고 평가했는데, 그 결과 남유럽 남자들의 정력이 세다는 전설은 근거가 없음이 밝혀졌다. 이 연구에서 캘리포니아의 열기 속에 사는 남자들의 경우 정액 1밀리리터당 정자 수는 7천 3백만 마리였는데 비해, 뉴욕의 서늘한 기후 속에서 사는 남자들의 경우 정액 1밀리리터당 정자 수는 평균 1억 3천 백만 마리 이상이었다. 이런 사실은 특히 남부 지역에서 너무 많은 햇빛과 이로 인한 정자들의 결함으로 말미암아 출산율이 연초에 뚜렷하게 감소하는 결과를 초래하고 있다.

가장 질 좋은 정액은 핀란드에서 나오고 있는데, 핀란드 남성의 90퍼센트가 최상급의 정액을 생산하고 있다. 금발인 핀란드 사람들의 정액이 세계 제일이라는 점에는 논쟁의 여지가 없다. 핀란드 남성의 경우 정액 1밀리리터당 정자 수는 1억 3천 4백만 마리로, 어느 누구도 이에 견주지 못한다. 2위 자리는 환경 오염에도 불구하고 뉴욕 남자들이 차지하고 있다. 프랑스 남자들과 이탈리아 남자들은 중위권에 불과하다.

또한 널리 퍼져 있는 선입견과는 달리, 프랑스 남자들과 이탈리아 남자들은 해부학적으로 북유럽 남자들보다 더 좋은 장비를 갖추고 있지도 않다. 발기되지 않은 상태의 페니스 길이를 측정한 결과 유럽인들이 아프리카인들에 이어 2위를 차지했고, 그 뒤를 일본인들과 중국인들이 따랐다. 유럽 내에서는 북유럽인들이 남유럽인들에 앞섰다.

페니스 크기와 정력은 서로 관련되어 있다

이 또한 틀린 말이다. 페니스 길이가 길수록 정력도 세다는 속설을 자주 듣지만, 이는 희망 사항에 지나지 않는다. 페니스가 큰 남자가 더 오래 혹은 더 자주 섹스를 할 수 있는 것은 아니며, 평균 크기를 지닌 사람이 대단한 능력을 보일 수도 있다. 발기는, 뇌간에서 발원하고 척수가 시작되는 부위에 있는 신경삭이 자극을 받아 일어난다. 이 자극으로 인해 페니스는 발기가 되며, 혈관이 건강할수록 발기가 잘 이뤄진다.

의학자들은 심지어, 작은 페니스는 발기 부전을 겪을 가능성이 적기 때문에 큰 것보다 지속적으로 더 나은 기능을 발휘한다고 보고하고 있다. 페니스가 클수록 발기시 제대로 굵고 둥글게 팽창되기 위해서 더 많은 혈액을 필요로 한다. 하지만 혈관이 좁기 때문에 이는 많은 남성들에게 있어서 언제든지 문제가 될 수 있다. 여기서 지속적으로 도움이 될 수 있는 것은 조깅과 마늘뿐이다.

청바지는 남성의 생식 능력을 떨어뜨릴 수 있다

맞는 말이다. 여러 남성과학 교과서들은 심지어 너무 꽉 끼는 청바지는 입지 말라고 경고하고 있다. 물론 청바지를 입는 것만으로 생식 능력을 잃게 되는 것은 아니다. 그러나 너무 꼭 맞는 옷은 정액 속의 정자 수를 현저하게 감소시킬 수 있으며, 일정한 규모에서부터는 생식 불능과 동일시 될 수 있다. 너무 높은 체온으로 인해 가장 우수한 정자도 기진맥진해지기 때문이다. 질 좋은 정액을 위해서는 정상 체온도 너무 높은 온도이며, 따라서 남성의 고환은 선천적으로 몸 속이 아닌 몸 바깥에 달리게 된 것이다.

전체가 다 정교하게 고안된 통풍 장치이다. 정액은 적정 온도를 갖춘 환경을 필요로 하며, 이 때의 적정 온도는 체온보다 2도에서 3도 가량 낮은 것이다. 따라서 고환은 남성의 몸 밖에 자리잡게 되었으며, 가랑이 사이로 공기가 유입됨으로써 고환에서는 항상 쾌적한 온도가 유지된다. 남성과 전문의들은 고환의 온도가 1도

올라갈 때마다 정자의 수는 14퍼센트 감소한다고 얘기하고 있다.

따라서 꽉 끼는 옷은 오히려 해가 된다. 다시 말해 꽉 끼는 청바지나 팬티는 고환을 압박하고 질식시킨다.

네덜란드 레이덴 대학교의 학자들은 이 문제에 관심을 가졌으며, 볼품은 없지만 공기 조절 면에서 뛰어난 트렁크 팬티를 입은 사람들과 몸에 달라붙는 삼각팬티를 입은 사람들 사이에 고환 온도 차이를 측정했다. 그 결과 트렁크 팬티를 입은 사람들이 생식 능력 면에서 우월했다. 애리조나 대학교의 한 교수는 "황소의 고환은 자연 상태로 거리낌없이 계속 흔들거리며 드리워져 있는데, 이것이 훨씬 낫다"고 말한다. 그는 자기가 행한 연구에서 씨받이 황소의 고환을 헝겊으로 쌌었는데, 그 결과 정액의 품질이 심각하게 훼손되었음을 확인했다. 황소에게서 확인된 사항은 남성에게도 유효하다.

지능은 정력에 해롭다

맞는 말이다. 일반적으로 지능이 특히 뛰어난 계층에 속한 사람들이 정력 면에서는 그다지 뛰어나지 않음을 수치상으로 확인할 수 있다. 다시 말해 통계 자료들은 학력이 높은 사람일수록 섹스를 덜 갖는다는 사실을 말해주고 있다. 통계에 따르면, 독일에서 대학 교육을 받은 사람들 가운데 20세에서 40세 사이에 있는 사람들은 일 년에 평균 52번, 다시 말해 일 주일에 한 번꼴로 섹스를 갖는다고 한다. 이에 비해 같은 연령층에 있는 고졸자들은 일 년에 71번으로, 대졸자들보다 거의 20퍼센트 정도 더 많이 섹스를 하고 있다.

하지만 정력과 지능 사이에 실제로 관련이 있는 것일까? 물론 "머리가 나쁠수록 더 밝힌다"는 노골적인 말이 속설에 있는 것은 아니다. 호르몬을 연구하는 학자들이 쥐의 뇌 속에서 진행되는 신진대사 과정을 밝혀냈는데, 학자들이 전제하는 바와 같이 이 과정이 인간에게서도 똑같이 일어난다면, 위의 말이 사실임이 입증될 것이다. 다시 말해 지능은 성욕을 억제한다는 것이다.

명석하고 논리적인 사고 능력은 바소프레신이라 불리는 호르몬에 의해 촉진된다. 이 호르몬은 뇌 부위에서 생성되는 것으로 지능에 유익한 작용을 하는 반면, 성욕을 억제하는 단점을 지니고 있기도 하다. 학자들이 바소프레신을 주입했던 암컷 쥐들은 이후 짝짓기할 생각을 전혀 하지 않았다. 반면에 바소프레신이 생성되는 뇌피질 부위를 외과적 수술을 통해 제거하자, 이 암컷 쥐들은 다시 변화무쌍한 성생활로 되돌아 왔다. 다시 말해 뇌피질이나 격막과 같은 뇌의 이성 영역이 작동을 멈추면, 성욕은 증가한다는 것이다. 그리고 이는 또 다시 "생각이 적을수록 욕구는 크다"는 말로 바꿀 수 있다.

그럼에도 불구하고 정력이 시원치 않은 대졸자들에게 작으나마 위안이 되는 사실이 있는데, 대졸자들의 정액이 고졸자들의 정액보다 훨씬 우수하다는 점이 그것이다. 직업에 따라 정액의 품질은 어떻게 달라지는지에 대한 연구가 있었는데, 그 결과 대졸자들이 선두 그룹을 이루었다. 2위는 공무원들이, 3위는 농부와 근로자들이 차지했으며, 사무직 임원들과 자영업자들이 하위 그룹을 이루었다. 그밖에 킨제이 보고서는 모든 직종의 사람들 가운데 대졸자들이 자위행위를 가장 많이 한다는 사실을 알아냈다. 대학생들은 같은 연령층의 고졸자들보다 두 배 정도 더 자주 자위행위를 한다는 것이다.

감초는 정력에 해롭다

맞는 말이다. 감초를 먹으면 남성의 테스토스테론 농도는 최대 44퍼센트나 떨어진다고 '영국의 새로운 의학 저널' 지는 보고하고 있다. 감초 사탕을 조금만 먹어도 남성 호르몬 농도가 떨어질 수 있다. 검정 색을 띤 이 약재는 혈압을 치솟게 하며, 우리 몸 안에서 테스토스테론의 자생적 생성을 담당하는 효소를 방해한다. 학자들은 이탈리아 청년들에게 일 주일 동안 시중에서 판매되는 감초 정제를 매일 7밀리그램씩 복용시켰는데, 그 결과 청년들의 테스토스테론 농도는 최대 44퍼센트나 떨어졌고, 4일이 지나서야 다시 평균치로 돌아왔다.

남성의 외모는 여성의 섹스에 어떤 영향을 줄까

여성이 남성보다 먼저 절정에 이른다면,
남성과 여성 모두 섹스에서 더 많은
만족감을 얻게 될 것이다.

질 오르가즘이 클리토리스 오르가즘보다 더 낫다

틀린 말이다. 질 오르가즘은 지그문트 프로이트에 의해 날조된 것이며, 이와 같은 것은 존재하지 않는다.

심리학자였던 프로이트는 그의 책들에서 사람들의 성 관습을 심도 있게 다루었는데, 이로부터 특히 여성에 관한 터무니없는 생각들이 많이 표출되었다. 그 중에서 가장 심했던 것은 여성이 느끼는 오르가즘을 질 오르가즘과 클리토리스 오르가즘으로 구분한 일이었다.

> 클리토리스는 어떤 방식으로든 항상 오르가즘에 관여하고 있으며,
> 클리토리스가 없다면 질 오르가즘이건 클리토리스 오르가즘이건 간에
> 오르가즘도 없다. 그리고 질 오르가즘도 결국 클리토리스 오르가즘과 다를 바 없다.

프로이트의 견해에 따르면, 여성이 오르가즘을 느낀다고 할 때 이는 오로지 페니스가 질 속을 밀고 들어와 삽입됨을 통해서만 가능하며, 그밖의 다른 모든 행위들을 통해서는 오르가즘에 이를 수 없다는 것이다. '클리토리스적 여성'은 자신을 아버지와 지나치게 동일시한 나머지, 규정된 대로 성적인 에너지를 질로 전이하는 것을 이해하지 못한다고 한다. 이에 반해 클리토리스로부터 질 입구로 흥분을 잘 전이하는 여성은 성생활의 주된 영역을 새로 갖게 된다는 것이다. 이러한 전이가 어떻게 이뤄지는지는 알 수 없지만 말이다. 발육 과정에서 이 핵심 단계를 놓친 여성은 '클리토리스의 자극'을 통해 섹스를 충분히 즐길 수 있다 할지라도 불감증이라는 것이다. 그밖에도 여성은 이러한 전이의 어려움 때문에 남성보다 더 많이 노이로제나 히스테리를 겪는다고 한다. 이 모든 이론은 1905년 이전에는 전혀 알려지지 않았던 질 오르가즘의 날조를 가져왔다.

이 이론에 따르면 모든 여성의 75퍼센트 정도는 불감증이 된다. 삽입만으로도 절정에 이를 수 있는 여성들 수는 단지 25퍼센트에 불과하기 때문이다. 그러나 질은 오르가즘에 항상 수동적으로만 관여하고 있다는 점을 프로이트는 간과했다. 여성이 페니스의 움직임을 통하여 갖게 되는 안락한 느낌은 흥분된 클리토리스를 간접적으로 자극하는 데에서 나오는 것이다. 왜냐하면 G점을 제외하고는 질 벽에 감정의 자극을 느끼는 말초신경이 없으며, 따라서 질 벽은 둔감하기 때문이다.

간략히 말해서 클리토리스는 어떤 방식으로든 항상 오르가즘

에 관여하고 있으며, 클리토리스가 없다면 질 오르가즘이건 클리
토리스 오르가즘이건 간에 오르가즘도 없다. 그리고 질 오르가즘
도 결국 클리토리스 오르가즘과 다를 바 없다. 유일한 차이점이
있다면, 여성의 25퍼센트는 페니스의 삽입만으로도 벌써 클리토
리스가 자극되는 신체 구조를 갖고 있다는 것이다. 나머지 75퍼센
트의 여성에게 있어서는 그렇지 않으며, 따라서 남성은 페니스의
왕복 운동보다는 좀 더 많은 노력을 기울여야 한다.

오르가즘은 남성과 여성이 동시에 이르는 경우 특히 강렬하다

틀린 말이다. 완벽한 오르가즘이란 남성과 여성이 동시에 절정을 느낄 때에만 존재한다는 믿음은 혼인과 성생활에 도움을 주고자 하는 여러 참고 도서에서 찾아 볼 수 있지만, 전혀 근거가 없는 얘기다. 동시에 느끼는 절정은 더욱 강렬한 것도 아니며, 남녀가 성적으로 아주 잘 맞는다는 사실에 대한 표지도 아니다. 가장 강렬한 오르가즘은 여성뿐만 아니라 남성에게 있어서도, 여성이 먼저 도달하는 경우에 체험되는 것이다.

동시적 오르가즘에 관한 신화는 1920년대에 네덜란드의 산부인과 의사였던 테오도르 반 데 벨데에 의해 알려졌다. 당시 영향력 있는 성 임상의였던 그는 1926년에 출간되고 3권으로 구성된 그의 책 '완전한 결혼' 에서 열 가지 기본적인 섹스 체위에 관해 자세하게 서술했을 뿐만 아니라(100점짜리 체위 : 남성이 여성 위에 ― 섹스 체위

를 세무 신고서처럼 항목별로 분류하고, 거기에 점수를 매길 생각을 하는 이들은 우습게도 모

두 남자들이다), 가장 좋은 오르가즘은 어떤 것인지 자문했다. 반 데 벨데는 남성과 여성이 동시에 오르가즘을 느낄 때 서로 일체가 되므로, 이것이 가장 좋은 오르가즘이라는 결론에 도달했다. 이 책은 베스트셀러가 되었으며, 그 이후 이러한 그릇된 생각은 부부의 침대 위를 맴돌았다.

> 남성과 여성이 동시에 절정에 이르기를 바란다면,
> 여성은 남성의 짧은 리듬에 적응해야 한다.
> 이에 비해 여성이 남성보다 먼저 절정에 이른다면,
> 남성과 여성 모두 섹스에서 더 많은 만족감을 얻게 될 것이다.

가장 좋은 오르가즘은 어떤 것인지에 관해 이미 수없이 많은 추론들이 있었지만, 결국 이것은 취향의 문제이다. 그렇다면 이제 과학적인 사실들을 살펴보기로 하자. 과학적인 사실들은 남성과 여성의 성적인 감응 속도가 다르다는 것을 보여주고 있다. 남성의 경우 오르가즘에 이르기까지 평균 2분에서 3분 정도로 비교적 짧은 시간이 소요되며, 오르가즘 이후에 흥분 곡선은 오르가즘에 이를 때와 똑같이 급격한 형태로 떨어진다. 이에 반해 여성의 경우 절정에 이르기까지는 평균 18분 정도로 비교적 긴 시간이 소요되며, 흥분 상태도 남성과는 달리 급격하게 떨어지지 않기 때문에 섹스가 특히 잘 이뤄지는 경우에는 계속해서 오르가즘에 이를 수 있다.

이러한 사실을 통해서 동시적인 오르가즘에 관한 속설에는 무엇인가 옳지 않은 점이 있다는 것을 이미 알 수 있다. 이론적으로 생각할 수 있는 세 가지 가능성들—다시 말해 남성이 여성보다 먼저 오르가즘에 도달하는 경우와 동시에 도달하는 경우, 여성이 남성보다 먼저 오르가즘에 도달하는 경우—중에서 세 번째 가능성(여성이 남성보다 먼저 오르가즘에 도달하는 경우)이 남성과 여성 모두에게 가장 많은 충족감을 주고 있다. 학자들은 관찰하는 대상들 거의 모두를 측정하려는 유별난 습관을 갖고 있다. 오르가즘의 진행 과정은 혈압과 아드레날린의 생산량, 호흡을 측정함으로써 알 수 있다. 예상한 대로 첫 번째 가능성은 그래픽으로 표시된 눈금의 아래 부분을 차지했다. 남성의 흥분 곡선은 급격하게 치솟지만 똑같이 급격하게 다시 떨어지는데 비해, 여성의 흥분 정도는 매우 미미해서 통계상으로는 무시해도 될 정도이다. 두 번째 가능성은 남성이 뜸을 들이기는 하지만 여전히 여성보다 먼저 오르가즘에 도달하는 경우이다. 이 경우 여성의 흥분 곡선은 측정 가능한 수치로 올라가지만, 여성은 불가피하게도 절정에 오르지 못한 상태에 머문다.

따라서 여성이 오르가즘을 체험하는 것은 오로지 여성이 남성보다 먼저 절정에 이르거나, 혹은 정확한 타이밍에 남성과 여성이 동시에 절정에 이르는 경우이다. 그런데 후자의 경우는 실제에 있어서 대부분 어려움이 입증되고 있는데, 이는 남성이 특정한 시점 이후부터는 자기 본능을 통제할 수 없기 때문이다.

동시적 오르가즘에 반대하는 가장 중요한 논거는, 남성에게서는 절정에 이르는 시기로 인한 차이점이 거의 없다는 데에 있다. 이 논거를 통해서 많은 인습적인 생각들이 정당함을 입증하기도 할 것이다. 남성의 흥분 수치는 그 자신이나 여성이 언제 절정에 도달하는지에 상관없이 거의 같다. 이에 반해 여성의 오르가즘은 평균적으로 남성보다 네 배 정도 오래 지속되며, 더 천천히 소멸된다. 따라서 남성과 여성이 동시에 절정에 이르기를 바란다면, 여성은 남성의 짧은 리듬에 적응해야 한다. 이에 비해 여성이 남성보다 먼저 절정에 이른다면, 남성과 여성 모두 섹스에서 더 많은 만족감을 얻게 될 것이다.

여성의 오르가즘은 임신과는 상관없다

틀린 말이다. 여성의 오르가즘도 남성의 경우와 마찬가지로 가속기의 역할을 한다. 단지 여성은 사출하는 것이 아니라 흡수한다는 차이가 있을 뿐이다. 정자는 질의 근육 수축을 통해 자신의 최종 목적지인 난세포로 더욱 신속히 운반된다. 연구 결과에 따르면, 여성이 절정에 이를 때의 수태 가능성이 그렇지 못할 때보다 훨씬 높다.

실제로 오르가즘이 진행되는 동안 여성의 자궁은 뚜렷하게 저압 상태가 되며, 이를 통해 남성의 정자는 흡인된다. 따라서 여성은 누구의 아이를 가졌는지에 관해 확실히 알 수 있으며, 오르가즘은 여성에게 있어 파트너를 선택하는 수단이 된다는 것이다.

진화 심리학자들은 여성이 자기 오르가즘의 타이밍을 통하여 실제로 아이의 아버지가 누가 될지를 함께 결정할 수 있다는 견해를 피력하고 있다. 정부의 유전 인자가 큰 기대를 걸만 한 것으로 보인다면, 여성은 섹스를 할 때 정부에 곧바로 뒤이어 절정에 이르려 애쓴다고 한다. 이에 반해 오랜 반려자와의 섹스에 있어서는 항상 먼저 절정에 이르려 한다는 것이다. 따라서 진화 심리학자들의 이론에 의하면, 정부의 정자가 배우자의 정자보다 수태시킬 확률이 훨씬 높다.

여성의 오르가즘이 강렬할수록 여성이 생식을 위해 남성의 유전 물질을 받아들일 가능성은 더 크다. 이러한 메커니즘은 석기 시대 이래로 종의 보존을 극대화하는데 기여하고 있으며, 오늘날에도 여전히 기능을 발휘하고 있다.

영국의 생태학자인 베이커와 엘리스는 심지어, 여자들이 수태가 가능한 날에 특히 바람을 많이 피운다고 주장했다. 이 두 학자는 여성을 대상으로 탈선에 관한 설문 조사를 했다. 그 결과 정절을 지킨 여성의 경우 오르가즘의 약 55퍼센트는 늦은 유형, 다시 말해 수태가 가능한 유형이었다. 탈선을 경험한 여성의 경우에는 본래의 반려자와의 섹스에서 느꼈던 오르가즘의 약 40퍼센트만이 수태가 가능한 유형이었던 반면, 정부와의 관계에서는 오르가즘의 70퍼센트가 수태가 가능한 유형이었다. 게다가 여성들은 의식적이건 무의식적이건 간에 수태 가능성이 가장 큰 날에 정부와 섹스를 가졌다고 했다. 이 두 가지 결과들을 종합해 볼 때, 탈선을 경험한 여성은 본래의 반려자와 섹스를 가진 횟수가 정부와 가진 횟수의 두 배에 달한다 하더라도 정부의 아이를 가질 가능성이 더 높다.

섹스 이후에 질 속에 남아있는 정자들의 수는 여성의 오르가즘과 간접적인 관련이 있다. 여성이 오르가즘을 느끼지 못했거나, 남성의 사정에 앞서 일 분 이상 먼저 오르가즘에 이른 경우 여성의 질 속에는 아주 적은 양의 정액만이 남는다. 이에 반해 여성의 오르가즘이 남성의 오르가즘 직전에 일어나거나, 남성이 도달한 이후 45분 이내에 일어나는 경우 정액의 대부분은 질 속에 남게 되고, 이에 따라 수태 가능성은 높아진다. 이와 더불어 질 속에 남게 되는 정액 양은 지난번 섹스 이후 얼마의 시간이 지났는지에 좌우된다. 다시 말해 그 사이 시간이 많이 지났을수록 이번에 질 속에 남게 되는 정액 양은 더 많다. 수태 가능성은 여성의 오르가즘이 늦은 경우 가장 높다.

그러나 이 모든 과학적 궤변에서는 가장 분명한 논거가 — 다시 말해 오르가즘을 체험한 여성은 섹스를 다시 원하게 되고, 이는 여성의 수태 가능성을 높인다는 점이 — 간과되고 있다.

 남과 여에 관한 진실과 거짓

남성의 외모는 여성의 섹스에 별다른 영향을 주지 않는다

틀린 말이다. 남자는 잘 생기지 않아도 된다고 흔히들 말한다. 그러나 이 말에는 근거가 없다. 멋진 남성과 섹스를 할 때 여성은 못생긴 남성과 관계할 때보다 훨씬 자주 오르가즘을 느끼기 때문이다. 이는 주로 몸매의 조화와, 특히 얼굴 모습에 좌우된다는 것을 오스트리아 빈의 사회학자인 카알 그라머가 입증했다. 그가 조사한 바에 따르면, 대칭형의 얼굴 모습을 지닌 남성과의 섹스에서 여성이 오르가즘을 느끼는 비율은 75퍼센트였다. 이에 비해 이상적인 모습에서 남성의 얼굴 대칭이 7퍼센트 이상 벗어나는 경우 여성이 오르가즘을 느끼는 비율은 30퍼센트에 불과했다. 의학 연구에 따르면 대칭형의 체형은 신체적이고 정신적인 건강함의 한 표지이며, 따라서 건강한 유전 형질을 미루어 짐작할 수 있다.

그라머는 남녀 대학생들의 발 너비와 복사뼈의 굵기, 손 너비, 팔꿈치 너비, 귀 너비와 귀 길이를 측정해서 비대칭 목록을 만들 남자는 잘 생기지 않아도 된다고 흔히들 말한다.
그러나 이 말에는 근거가 없다. 멋진 남성과 섹스를 할 때 여성은
못생긴 남성과 관계할 때보다 훨씬 자주 오르가즘을 느끼기 때문이다.

었다. 이때 기준에서 일이 퍼센트의 오차 규모를 보이는 경우에 가장 매력적으로 보였으며, 오차 규모가 7퍼센트 이상인 경우에는 매력이 떨어졌다.

사람의 얼굴 모습을 비대칭의 여러 등급으로 분류하는 검사 결과, 얼굴이 대칭의 모습을 띠고 있을수록 더 매력적으로 보임을 확인하게 되었다. 동시적인 오르가즘도 대칭형의 모습을 띤 사람들에게서 더 많이 있었으며, 이들에게는 섹스 파트너도 더 많이 있고, 첫번째 성 경험도 평균 3년에서 5년 정도 빨랐다.

이런 사실에서 우리 보통 남자들은 어떤 결론을 얻을 수 있을까? 기쁜 소식이 아니다. 여자들은 내적인 가치만을 따진다고? 멋진 외모도 똑같이 중요해.

왜 남자들은 섹스가 끝나면 바로 잠들어버릴까

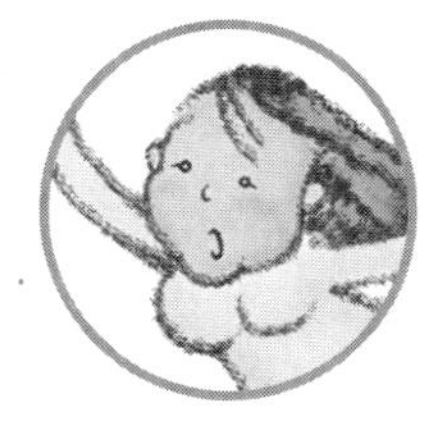

남성은 과제에 따라 오른쪽 뇌나 왼쪽 뇌만을
사용한다.
따라서 남성이 섹스 도중 얘기를 하려
한다면 그는 왼쪽 뇌로 전환해야 한다.

남자들은 언제, 어디서나 섹스를 할 수 있다

맞는 말이다. 남자들은 언제, 어디서나 섹스를 할 준비가 되어 있다는 선입견 속에는 진실이 내포되어 있다. 남성에게 있어 생식선과 뇌 사이의 항구한 연결 고리는 성욕을 끊임없이 촉진시키고, 정액도 충분하게 생성시킨다.

뇌의 섹스 중추인 시상하부에서 특히 테스토스테론의 분비를 통해 성욕이 조절된다. 여성의 섹스 중추는 남성 것보다 훨씬 작으며, 남성의 테스토스테론 농도는 여성보다 약 30배 이상 높다. 이 점은 왜 남성이 일반적으로 여성보다 섹스를 더 원하는지에 대한 이유가 된다. 시상하부와 뇌 사이의 피드백을 통해 테스토스테론 양이 조절되는데, 테스토스테론의 두드러진 감소는 황체 형성 호르몬의 분비를 가져온다. 황체 형성 호르몬은 다시 고환에서 새로운 정액의 생성을 촉진시킨다. 정액 양이 일정 상태에 도달하게 되면 뇌는 모든 것이 정상이라는 보고를 받게 되고, 황체 형성 호르몬의 분비는 중단된다.

이러한 과정의 의의와 목적은 남성으로 하여금 항상 정액을 자유롭게 사용할 수 있게 하는 데에 있다.

남자들은 항상 너무 일찍 절정에 도달한다

맞는 말이다. 통계만 보아도 이 말이 맞다는 것을 알 수 있다. 절정에 이르기까지 남자는 대략 2분 30초가 걸리는데 비해, 여자는 약 18분이 걸린다. 다시 말해 여자의 경우 남자보다 일곱 배가 넘는 시간이 소요되는 것이다.

전희를 통한 오르가즘과 정력 부족을 논외로 하면 남성은 섹스를 할 때마다 매번 절정에 도달한다. 이에 반해 통계 상으로만 따져 볼 때, 여성은 전체 섹스 중 27퍼센트의 경우에만 절정에 도달한다고 한다. 따라서 절정에 이르기까지 여성이 남성보다 일곱 배가 넘는 시간을 필요로 한다는 사실은 통계상으로만 볼 때 이미 이에 대한 설명이 될 것이다. 남성의 성교 시간이 짧은 것은 심지어 생물학적으로 중요한 의미를 지니고 있는데, 다시 말해 이는 선사 시대에 종족의 생존을 보장하기 위한 것이었다고 한다. 석기 시대에 수컷은 신속한 성행위를 통해 오르가즘을 짧은 시간 간격으로 최대한 많이 가질 수 있었다. 이는 성행위를 하는 동안 야수들로부터 습격을 당하지 않기 위한 것이었다.

남성은 섹스를 할 때 다른 영장류 수컷들에 비해 상대적으로 긴 시간을 할애한다. 고릴라나 침팬지는 절정에 이르기까지 15초밖에 걸리지 않는다. 그러나 이들에게 있어 성교 시간이 짧은 이유는 맹수에 대한 두려움 때문만이 아니다. 자기 종족들 간의 경쟁도 그에 못지 않게 중요한 이유가 되고 있다. 생물학자인 로렌스 K. 홍은 한 가지 흥미로운 유사점을 발견했는데, 유인원 수컷들 간에 경쟁이 심할수록 그들의 사정은 더 빨라진다는 것이다.

현대인은 더 이상 나무 위에서 살지 않는다고 이의를 제기할 수 있다. 그러나 생물학적인 이유 외에 심리학적인 이유도 있는 듯이 보인다. 유명한 성 임상의인 알프레드 킨제이는 1948년 그의 책 '남성의 성적인 행동'에서, 1940년대만 하더라도 남자들은 오늘날처럼 얼마나 오랫동안 성행위를 할 수 있는지가 아니라, 얼마나 빨리 절정에 이르는지를 자랑했다고 기술했다.

그럼에도 불구하고 관건이 되는 것은 생물학적인 면이다. 성교 시간의 길이는 남성의 오르가즘 강도에 전혀 영향을 끼치지 않는다. 여성이 남성보다 먼저 절정에 오르는지, 남성보다 늦거나 혹은 동시에 절정에 오르는지 여부와, 숫제 여성이 절정에 오르지 못하는지 여부는 아무런 차이점도 가져오지 않는다. 개별적인 흥분 단계들에 관한 연구 결과에서 보듯이 흥분 곡선은 항상 비슷한 모습을 띠고 있다. 여성의 경우 전희가 계속됨에 따라 오르가즘의 강도나 지속 시간도 늘어나는데 반해, 남성의 오르가즘은 일반적으로 단지 수초 동안만 지속된다.

남자들은 대화와 섹스를 동시에 하지는 못한다

맞는 말이다. 어쨌거나 뇌 연구가들은 이 점을 확신하고 있다. 뇌 연구가들은 섹스를 하고 있는 남자들의 뇌 상태를 아무 거리낌 없이 조사했다. 그 결과 남자들은 섹스를 할 때 사실상 말을 하지 못하며, 이는 남성의 뇌 반구들이 더 전문화되어 있는 데에 근거하고 있음이 밝혀졌다. 여성은 대개의 경우 양쪽 뇌를 모두 사용하는데 비해, 남성은 과제에 따라 오른쪽 뇌나 왼쪽 뇌만을 사용한다. 예를 들면 섹스를 할 때에는 오른쪽 뇌가 활동하며, 대화를 할 때에는 왼쪽 뇌가 활동하는데, 이 왼쪽 뇌에는 감정과 언어 중추가 자리잡고 있다. 따라서 남성이 섹스 도중 얘기를 하려 한다면 그는 왼쪽 뇌로 전환해야 하며, 이러한 갑작스러운 전환으로 인해 최악의 경우 발기가 수그러들 수 있다.

남자들은 섹스 후에 애무하지 않는다

맞는 말이다. 그러나 여자들이 생각하는 것처럼 감정이 식었기 때문이 아니라 호르몬 때문에 그렇다. 이는 이 분야의 전문가들인 내분비학 학자들의 견해이다.

이들의 연구 결과에 따르면, 여성의 경우 육체적 친밀함에 대한 욕구를 불러일으키는 물질이 남성에게 있어서는 기껏해야 사정을 촉진할 뿐이다. 이 물질은 에스트로겐과 그다지 알려지지 않은 호르몬인 옥시토신이다. 이 두 가지 물질은 애무 욕구를 불러일으키며, 여성의 몸 속에 남성보다 훨씬 높은 농도로 존재한다. 섹스를 할 때 다량의 옥시토신이 분비되는데, 이는 남성과 여성에게서 서로 다른 작용을 한다. 다시 말해 여성은 이 호르몬을 통해 애무에 대한 욕구를 갖게 되는데 비해, 남성의 경우 이 호르몬은 페니스를 발기시키고 과다 상태에 이르면 사정도 촉진시킨다.

이 호르몬의 농도는 오르가즘 직전에 평상시보다 네다섯 배나 높은 최고 수준에 달하며, 오르가즘 후에는 다시 떨어진다. 이는

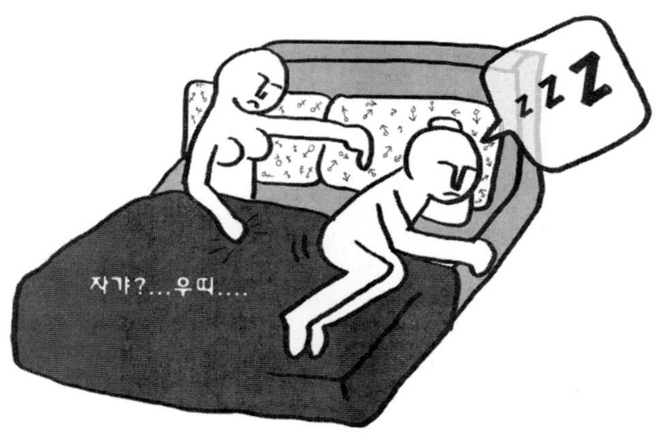

남성에게 있어서 수면제와 같은 작용을 한다. 여성이 높은 옥시토신 농도에 익숙해져 있는데 반해, 남성에게 있어 이 호르몬의 갑작스러운 분비는 과중한 부담이 되며 피곤함을 느끼게 한다. 따라서 애무할 시간이 없는 것이다.

남자들은 섹스 후에 항상 잠이 든다

맞는 말이다. 이미 아리스토텔레스는 남성이 섹스 후 잠드는 것에 관해 연구했다. 고대 그리스 사람들은 당시 세계관에 따라 남성이 여성보다 열이 더 많다고 생각했고, 따라서 남성의 정액을 피가 끓여진 것으로, 다시 말해 남성의 피가 발효되어서 정액이 된 것으로 여겼다. 여성에게 있어서 발효된 피는 최상의 경우에 모유가 되며, 그 밖의 경우에는 월경으로 배출된다. 정액은 '피 속의 가장 깨끗한 부분'에서 나오며, 따라서 섹스에 뒤이은 피곤함은 아주 정상적인 과정이라는 것이다.

곤충 세계에서도 수컷은 교배 이후 행위에 관심을 두지 않는다. 초파리 수컷은 교배 이후 행위를 단축하기 위해 매우 진보된 기술을 개발했다. 초파리 수컷은 교배 이후 초음파 소리를 내는데, 암컷은 이 소리를 참지 못하고 곧 사라지게 된다.

그러나 섹스 이후에 오는 남성의 졸음은 단순한 생물학적 기능만을 갖고 있다. 다시 말해 이 졸음은 임신 가능성을 높여주는 것이다. 섹스 이후 남성에게 찾아오는 이완 단계에서 정자는 여성 몸 속의 가장 깊숙한 곳까지 방해받지 않고 헤엄쳐 갈 수 있다. 이 단계에서 모든 행동은 정액의 합류를 방해하고 난세포의 수정 가능성을 떨어뜨린다고 한다.

피곤함은 피 때문에 생기는데, 발기할 때 피는 하복부로 몰리고 사정 후에는 다시 몸 전체로 퍼진다. 이는 남성에게 수면제와 같은 작용을 하며 지치게 만든다. 호흡이나 심장 박동과 같은 생명 기능을 조절하는 자율신경계는 크게 교감 신경과 부교감 신경으로 분류된다. 교감 신경은 깨어있고 활동하는 상태를 만드는데 비해, 부교감 신경은 졸음이나 휴식할 때 작용한다.

발기는 교감 신경을 통해 일어나고, 발기 이후에(항상은 아니지만 점점 빈번하게) 일어나는 사정은 부교감 신경을 통해서 이뤄진다. 사정하기 직전에 뇌 속에 있는 스위치는 깨어 있음에서 졸음으로, 다시 말해 교감 신경의 활동에서 부교감 신경의 활동으로 전환된다. 오로지 이런 방식으로 사정이 이뤄지기 때문에 남성에게는 갑작스럽게 졸음이 오는 것이다.

그밖에도 이는 여성이 여러 번 오르가즘을 느낄 수 있지만 남성은 그렇지 못한데 대한 이유가 되기도 한다. 남성의 경우와는 달리 여성에게서는 생식기에 몰려 있던 피 전부가 다시 신체 전체로 퍼지는 것은 아니며, 따라서 여성은 여러 번 오르가즘에 도달할 수 있다.

남자들은 시간이 지날수록 같은 여자와 자는 것에 흥미를 잃어간다

맞는 말이다. 연구 결과들이 이를 입증하고 있다. 섹스 횟수는 결혼 첫 해가 지나면 결혼 첫 달 횟수의 반으로 줄어들고, 감소 속도가 늦다 하더라도 그 이후 계속해서 줄어든다.

이런 결과는 특히 황소에게서 잘 나타나고 있다. 황소를 처음 암소에게로 데려가면, 황소는 즉시 자기의 생식 능력을 입증하게 된다. 교미가 이뤄진 이후 암소를 교체할 때 황소의 성적 반응은 새로운 암소에 대해서도 전혀 약화됨 없이 반복되지만, 같은 암소가 우리 안에 머무는 경우에 황소의 성적 반응은 쇠퇴한다. 암컷이 바뀔 때마다 수컷은 사정할 정도로 흥분하고, 여덟 번째이건 열 번째이건 열두 번째이건 간에 수컷의 반응은 첫 번째와 거의 다름이 없다. 양에게 있어서도 이와 비슷하다. 예를 들어 첫 번째 교미 이후 암컷에 헝겊을 뒤집어 씌어도 수컷은 여기에 속지 않는다. 이미 교미가 이뤄졌던 암컷에 대한 수컷의 반응은 새로운

새로운 암컷에 대한 수컷의 갈망은 유전적으로 더 좋은 형질을 얻기 위한
합리적인 전략이라는 것이다. 수컷은 같은 암컷과의 반복되는 섹스를 통해
번식 성과를 증대할 수 없기 때문에, 수컷의 뇌 속에는
얼마 후 이득이 되는 대상, 즉 새로운 암컷에게로
성욕을 유도하는 메커니즘이 존재한다.

암컷을 대할 때보다 항상 뒤떨어진다.

도파민이라는 전달 물질을 통한 파블로프적 조건 반사가 그 원인이다. 생화학자들은 쥐 수컷의 뇌에서 도파민 농도를 측정한 결과, 친밀한 암컷에 대한 욕구가 시듦에 따라 수컷 쥐에게서 소위 환각제인 도파민의 양도 줄어들었다. 이에 반해 새로운 암컷 쥐를 보았을 때 수컷 쥐의 도파민 양은 다시 급격히 상승했다. 남성의 뇌도 비슷하게 작동할 것이 분명하다.

과학에서는 이 현상을 쿨리지 효과라고 부르는데, 이는 미국의 제 30대 대통령인 캘빈 쿨리지에 관한 일화에서 붙여진 이름이다. 쿨리지 대통령은 부인과 함께 어느 농장을 방문한 적이 있었는데, 거기서 부인은 막 암탉 위에 올라탄 수탉을 눈여겨보게 되었다. 이 수탉은 하루에 열두 번 이런 행위를 한다고 누군가 귀띔해 주자 부인은 "그 얘기를 제 남편에게도 해주세요!"라고 말했다. 쿨리지 대통령은 이 애기를 전해 듣고서 "항상 같은 암탉과 합니까?"라고 물었다. 매번 다른 암탉과 관계를 갖는다고 하자, 대통령은 "그 얘기를 제 아내에게도 해주십시오!"라고 말했다.

이 관습화된 효과를 해명하는 생화학적인 설명이 있다. 학자들은 수컷 쥐의 뇌 속 깊은 곳에서 성욕 감퇴와 관련이 있는 메커니즘을 발견했다. 우리가 알고 있는 모든 동물들에게 있어서 같은 암컷과의 반복된 성행위는 수컷의 성욕을 억제하지만, 새로운 암컷의 등장은 수컷의 잠들었던 성욕을 다시 급격하게 일깨운다.

배후에 숨겨진 의미는 다음과 같다. 진화생물학의 관점에서 보아 새로운 암컷에 대한 수컷의 갈망은 유전적으로 더 좋은 형질을 얻기 위한 합리적인 전략이라는 것이다. 수컷은 같은 암컷과의 반복되는 섹스를 통해 번식 성과를 증대할 수 없기 때문에 수컷의 뇌 속에는 얼마 후 이득이 되는 대상, 즉 새로운 암컷에게로 성욕을 유도하는 메커니즘이 존재한다.

캐나다의 심리학자 데니스 F. 피오리니오는 이러한 추악한 거래에 대한 생화학적인 근거를 발견했다. 피오리니오는 성욕이 뇌 속 깊은 곳에 있는 놀이 관할 구역에서 생긴다는 사실에서 출발하고 있다. 이 놀이 관할 구역은 신경삭으로 이루어져 있으며, 이 신경삭은 중뇌에서 시작하여 간뇌를 거쳐 변연계까지 뻗어 있다. 황소나 남성이 언제 섹스를 하든지 간에 쾌감 중추에 있는 신경 세포들은 환각제인 도파민을 분비한다. 학자들은 뇌척수액 검사를 통해 섹스가 도파민 양을 증대시킴을 입증했다. 수태 가능한 암컷 쥐의 현존은 수컷 쥐의 도파민 농도를 90퍼센트나 증대시켰고, 이어지는 교미에서 그 농도는 10퍼센트 더 증대되었다. 쿨리지 효과를 통한 성적 활력이 수그러졌을 때 수컷에게 새로운 암컷이 주어졌다. 새로운 암컷을 보자마자 수컷에게는 마비되었던 생식력이 금방 되돌아왔으며, 수컷과 암컷은 새로운 섹스에 몸을 던졌다.

도파민 농도는 첫 번째 암컷에 대한 감흥이 줄어듦에 따라 점차로 낮아졌으며, 평상시 수치까지 떨어졌다. 그러나 새로운 암컷이 등장하자 도파민 농도는 가파른 상승을 보였다. 그리고 기계적인 정확성을 지닌 이 메커니즘은 계속해서 진행되었다.

남자들은 아침에 섹스를 원한다

맞는 말이다. 테스토스테론 농도는 남성의 경우 아침이 저녁 때보다 평균 25퍼센트 더 높다. 테스토스테론 농도는 새벽 4시에서 6시 사이에 가장 높이 올라간다. 속칭 텐트를 친다고도 표현하는 새벽녘의 발기는 마지막 렘 슬립(REM-sleep: rapid eye movement-sleep, '잠자는 동안 꿈을 꾸게 되는 시기'를 말함)에서 일어난다. 새벽녘의 발기는 꿈과 관련이 있지만, 추측하는 것과는 달리 꿈의 내용에 따라 좌우되지는 않는다.

남성에게서는 잠자는 동안 프롤락틴이라는 호르몬이 분비된다. 이 호르몬을 통해 체내에서는 테스토스테론이 더 많이 생성되고, 이렇게 새로 생성된 테스토스테론은 새벽 다섯 시에서 여섯 시 사이에 남성 뇌 속의 쾌감 중추를 자극한다.

아침에 텐트를 치는 것은 페니스가 좋은 컨디션을 유지하기 위해 매일 밤 실행하는 자율적인 체력 훈련의 결과이다. 잠자는 동안 이뤄지는 이 훈련에서 20분에서 50분간 지속되는 발기 상태가 반복되는데, 발기 상태가 지속되는 전체 시간은 최대 네 시간에 달한다. 이때 야한 꿈은 아무런 역할도 하지 못한다. 이런 현상은 페니스에 정기적으로 신선한 피와 산소를 공급하는 신체 자생적 서비스에 속하는 것이다.

진화생물학자들은 아침에 욕정이 이는 것에 대해 진화론적으로 한층 심화된 의미를 밝혀주는, 흥미로운 이론을 개발했다. 이러한 욕정은 의붓자식이 요람 속에 있게 되는 것을 막기 위한 방책이라는 것이다. 옛날에 동굴 속에 살던 남자들은 낮 동안 사냥을 나갔고, 동굴 속에 머물러 있던 여자들은 이론적으로 다른 남자의 방문을 받을 수 있는 주거 공간을 갖고 있었으며, 바람을 피울 수 있었다. 이 시대에는 아직 혼인의 신의를 대수롭지 않게 여겼다.

이 이론은 영국의 생물학자인 로빈 베이커에 의한 것으로 아직 입증되지는 못했지만 대다수의 학자들로부터 중요성을 인정받고 있다. 이 이론에 따르면 남성의 정액은 서로 다른 두 가지 과제들을 수행하고 있는데, 그 중 하나는 정자가 특수 잠수병으로서 난세포를 향해 여행한다는 것이다. 다른 하나는 정자가 난세포를 향한 수영 대회에는 참여하지 않고, 일종의 수영장 관리인이나 문지기 역할을 하며, 불청객들이 파티를 방해하지 못하게 감시한다는 것이다. 이 정자들은 낯선 정자들을 숨어서 기다리며, 이들을 포위해서 죽인다고 한다.

이 이론이 너무 진기하게 생각되는 사람은, 남성이 단 한 번의 사정으로 최대 6억 개의 정자를 통해 이론적으로는 쉽게 미국의 인구를 배가시킬 수 있는 이유가 무엇일지 한 번쯤 생각해보아야 한다. 연구 결과에 따르면, 남성이 성행위를 통해 사정하는 정자 수는 그가 자기 부인과 얼마 만에 섹스를 갖는가와 직접적인 관련이 있음이 밝혀졌다. 남성의 욕구가 그만큼 크기 때문에 이는 당연하다고 생각할 수 있다. 하지만 이는 틀린 말이다. 오히려 남성의 정자는 여성의 생식기 내에서 여러 날 생존하고, 위에서 언급한 방어망은 생물학적 정조대처럼 작용할 수 있기 때문이다. 이는 원시 시대에, 남성이 아침에 섹스를 갖고 난 후 안심하고 사냥에 나설 수 있었으며, 그의 집은 이미 주인이 있음을 의미했다.

왜 히스테리는 여자들의 전유물인가

고대로부터 18세기에 들어와서까지도
여성이 교육을 받고 생각을 많이 하는 경우
피는 불가피하게도 뇌 속으로 흘러 들어
모유를 만들지 못한다고 생각했다.

히스테리는 전형적인 여성 질병이다

틀린 말이다. 여성의 히스테리라는 것은 구시대의 무지한 표현에 불과하다. 히스테리라는 말의 어원이 이 점을 분명히 보여주고 있다. 이 말은 자궁을 뜻하는 그리스어 '히스테라hystera'에서 나왔다. 고대에서 근대에 이르기까지 심령요법을 행하던 무당들은 노이로제나 히스테리는 여성에게서만 생기는 것으로 믿었는데, 여성은 자궁 때문에 정신적으로 건강하지 못하다는 것이었다. 고대 그리스 사람들은 심지어 자궁이 여성의 몸 속을 떠돌아다닌다고 생각했다. 이로 인해 하복부에서 온갖 종류

> 프로이트는 여성의 히스테리라는 것을 좀더 인간적으로 설명했는데, 별나게도 페니스를 이용한 우회적인 방법을 통해서였다. 그는 페니스의 질 내 삽입을 통해서만 여성이 '무르익은' 오르가즘을 체험할 수 있다고 생각했다.

의 병리적인 과정이 생기게 되며, 이는 다시 히스테리라는 말로 요약되는 여러 가지 부인병을 유발한다는 것이다.

히포크라테스는 여성이 자궁을 갖고 있기 때문에 정신적인 건강 상태가 좋지 못하다고 생각했던 첫 번째 사람들 중의 하나였다. 그는 자궁이 자극 대상이며, 두려움을 불러일으키는 기관으로서 일곱 개의 작은 방들을 갖고 있고, 그 내부는 촉수와 흡반으로 이뤄져 있다고 생각했다. 그와 동족이며 비슷한 시대의 학자인 플라톤은 자궁이 자체적으로 후각을 갖고 있는 생물이며, 몸 속을 떠돌아다니고, 질병과 파괴, 그리고 다수의 육체적, 심리적, 도덕적 장애를 남긴다고 믿었다. 자궁이 "정기적으로 남성의 정액으로 채워지지" 못하면 자궁은 흉골에 도달하거나 극도의 흥분 상태에서는 심지어 목에까지 이른다고 했다.

이천 년이 지난 후 지그문트 프로이트는 여성의 히스테리라는 것을 좀더 인간적으로 설명했는데, 별나게도 페니스를 이용한 우회적인 방법을 통해서였다. 프로이트는 페니스의 질 내 삽입을 통해서만 여성이 '무르익은' 오르가즘을 체험할 수 있다고 생각했다. 그는 여성이 자신의 흥분을 클리토리스에서 질 입구로 전이할 수 있을 때 더 나은 형태의 성생활을 하게 된다고 믿었다. 그러나 이러한 전이가 어떻게 이루어지는지에 대해서 프로이트는 명확하게 해명하지 못했다. 단지 그의 의견에 따르면, 여성은 노이로제나 히스테리를 남성보다 더 빈번하게 겪고 있기 때문에 이러한 전이에 있어서 어려움을 겪고 있다는 것이다.

예전에는 남자와 여자의 성(性)이 하나라고 생각했다

맞는 말이다. 남자와 여자의 성이 하나라는 생각은 18세기에 들어와서도 하나의 통념이었다. 당시 통념에 따르면, 남자와 여자는 같은 생식기를 갖고 있으며, 단지 하나는 바깥쪽으로, 또 다른 하나는 안쪽으로 뒤집혀 있다는 것이다. 마르쿠스 아우렐리우스 황제의 주치의였던 페르가몬의 갈렌130~200은 다음과 같이 표현하고 있다. "말하자면 여성의 생식기를 바깥쪽과 안쪽으로 뒤집고, 남자의 생식기를 두 번 접으면, 똑같은 모습을 얻게 될 것이다."

갈렌에 의하면, 페니스와 질 사이에는 위상 기하학적인 차이만 존재한다는 것이다. 장갑의 안팎을 뒤집듯이 페니스를, 정확히 말해 남성의 성기 전체를 안쪽으로 뒤집어 놓으면, 그것은 여성의 성기가 된다는 것이다. 페니스는 질에, 음낭은 자궁에, 고환은 난소에 각각 해당된다.(19세기에 들어와서도 의사들은 영어로 남성의 고환과 여성의 고환에 관해 얘기했다) 여성에게 있어서는 반대가 된다. 다시 말해 질과 자궁을 바깥쪽으로 뒤집으면 그것은 페니스와 음낭이 된다.

이러한 단성 모델에 따르면, 완벽한 개체는 출생 후 남자로, 덜 완전한 개체는 여자로 분류되었다. 히포크라테스는 정액에는 두 가지 종류가 있는데, 다시 말해 우수한 정액과, 질병이나 그 밖의 장애가 있을 때 생성된 열등한 정액이 있다고 했다. 그의 이론에 따르면, 새로운 영혼이 전생에서 죄를 지어 그에 대한 벌로 여자로서 세상에 보내질 때나, 또는 남자가 병들거나 취한 상태에서 질이 낮은 정액을 공급할 때 일반적으로 여성이 태어난다는 것이다.

당시 사람들은 정자와 난세포의 결합에 관해 아는 바가 없었다. 그 대신 남성의 정액 속에는 소위 '호문쿨루스Homunculus', 다시 말해 이미 완성된 소인간이 들어있다고 생각했다. 이 소인간은 모든 유전인자를 이미 자기 안에 지니고 있는데, 남성은 정액을 통해 이 소인간을 여성에게 심으며, 여성은 단지 이 소인간을 부화한다고 생각했다.

모든 여성은 남성이 될 수도 있었다는 사실에 대한 증거로서, 갑작스럽게 성전환이 일어났던 여자들에 관한 이야기가 즐겨 거론되었다. 폴라테란 추기경은 알렉산더 6세 교황 시대에 살던 한 부인의 이야기를 전하고 있는데, 그녀의 결혼식 날 "갑작스럽게 페니스가 그녀의 몸밖으로 자라났다"는 것이다. 그러나 성전환 가능성은 오로지 한 방향으로만 주어졌는데, 다시 말해 여성은 남성이 될 수 있지만, 남성은 여성이 될 수 없다는 것이다. 자연은 항상 완전한 것을 향해 나아가기 때문이라는 것이 그 논거이다.

여자들은 차갑고 남자들은 뜨겁다는 것이 예전의
통념이었다

이 역시 맞는 말이다. 19세기에 들어와서도
여성은 여전히 남성보다 더 차가운 남성의 변종으로 여겨졌다.
남성은 뜨겁고 강하다고 생각된 반면, 여성은 차갑고 약하다고
여겨졌다.

고대 그리스, 로마 시대에는 불, 공기, 물, 흙을 4원소로 생각했
다. 이 원소들은 각기 전형적인 특성을 갖고 있는데, 불은 뜨겁고
건조하며, 공기는 습하고 뜨겁다. 이에 비해 물은 차갑고 습하며,
흙은 차갑고 건조하다. 이러한 생각에 따르면, 인간의 몸은 이들 4
원소에 상응하는 네 가지 체액들, 다시 말해 뜨거운 피와, 차가운
점액, 뜨겁고 노란 담즙과 차갑고 검은 담즙으로 이뤄져 있다는
것이다. 건강과 무탈은 이 원소들 간의 관계가 균형을 이루는지
여부에 달려 있다고 한다. 열기는 냉기를 통해, 건조함은 습기를
통해 조절되어야 한다는 것이다. 그밖에 이 원소들 간에는 위계

질서가 있는데, 더운 것과 건조한 것이 차가운 것과 습한 것보다 우위에 있는 것으로 여겨졌다. 열기는 생명의 변함 없는 본질이다. 이 네 가지 체액 중 어느 하나의 영향력이 압도적이면, 우리 몸은 출혈과 장의 배설, 땀의 분출, 심지어는 사정을 통해 균형을 회복할 수 있다고 한다.

예상한 대로 남성에게는 우월한 두 원소인 공기와 불이 귀속되어 있는데, 이 두 원소는 열기와 건조함이라는 더 나은 특성을 지니고 있다. 이에 반해 여성에게는 질이 낮은 원소들인 물과 흙이 귀속되어 있으며, 이 두 원소는 냉기와 습기라는 특성을 지니고 있다.

체온의 차이는 일상 생활에 잡다한 영향을 미친다고 한다. 히포크라테스 이후로 여성은 미완성의 존재이며, 발육이 위축된 뇌를 지닌 '실패한 남성'으로 여겨졌는데, 오로지 남성만이 열기를 충분히 지니고 있으며, 이를 통해 정신도 갖게 된다는 것이다. 페니스가 남성에게만 있는 이유도, 여성에게는 남성과는 달리 생식기를 밖으로 나오게 하기 위해 필요한 열기가 부족한 데에 있다고 보았다. 또한 남성의 뇌가 여성보다 큰 사실도 열기로써 설명했는데, 열기가 많을수록 몸 속의 혈액 양도 더 많으며, 이는 곧 뇌의 성장을 촉진한다는 것이다.

그밖에 여성의 '차갑고 습한 분위기'는 여성이 지닌 '기만성과 변덕, 동요'를 해명해 준다고 한다. 이에 반해 남성의 뜨겁고 건조한 분위기는 무엇보다 남성이 지닌 '명예와 용기, 근력 그리고 육체와 정신의 강건함'을 증명하는 것으로 여겨져 왔다.

예전에는 교육이 부득이하게 여성의 생식능력에 해가
된다고 생각했다

맞는 말이다. 그러나 이 이론에 대한 근거는
수세기를 거쳐오면서 바뀌었다.

히포크라테스에 따르면, 자궁과 뇌는 충분한 피를 공급받기 위
해 서로 직접적인 경쟁 관계에 있다고 한다. 고대로부터 18세기에
들어와서까지 인간의 피는 모유뿐만 아니라 뇌 세포에 대해서도
원료를 제공한다고 생각했다. 따라서 여성이 생각을 많이 하는 경
우 피는 불가피하게도 뇌 속으로 흘러 들어가서, 신생아를 위한
모유가 되지 못한다는 것이다. 이는 19세기에도 여전히 많은 의사
들이 대변했던 의견이었다.

여성에게서 책을 빼앗고 부엌데기로 만들기 위해 내세웠던 또
다른 근거는, 여성이 '사고의 엄정성'을 감당하기에는 너무 '차
갑고' 또한 '연약하다'는 것이었다. 소위 여성이 지니고 있다는
결함은 시간이 지남에 따라 그 내용이 바뀌었다. 다시 말해 18세

고대로부터 18세기에 들어와서까지
여성이 생각을 많이 하는 경우 피는 불가피하게도 뇌 속으로 흘러 들어가서,
신생아를 위한 모유가 되지 못한다는 것이다.

기 말엽에는 여성의 두개강이 성능 좋은 뇌를 담고 있기에는 너무 작다고 여겼던데 비해, 19세기에는 '과도한 사고 행위'가 여성의 난소를 쇠약하게 만든다고 생각했다.

1872년의 여학교 교사들의 한 진정서에는 "여성도 일반적인 방식과 흥미에 따라 남성의 지적 교양에 필적하는 교육을 받을 수 있어야 한다"고 쓰여 있다. 하지만 이러한 교육의 목적은 여성 자신의 삶을 살도록 하기 위한 것이 아니라, 남편에 대한 봉사를 위한 것이었다. 다시 말해 "독일 남성은 부엌데기 마누라의 근시안적 사고와 편협함으로 인해 지루함을 느껴서는 안 된다"는 것이었다.

토마스 아퀴나스 성인1225~1275은 이미 13세기에 이 문제에 대해 결론을 내렸다. "여성의 본질적인 가치는 출산 능력과 가계 상의 유용함에 있다"는 것이다. 교육이 왜 필요하냐는 얘기다.

과학적 연구들도 체구가 작은 남자들이
큰 남자들보다 정조를 더 잘 지킨다는
점을 입증했다.

남자들은 뚱뚱한 여자보다 날씬한 여자를 더 매력적으로 여긴다

틀린 말이다. 최소한 무의식적으로 그렇지는 않다. 취향에 관해서는 무엇보다 이견이 많지만, 그럼에도 불구하고 남자들 사이에는 어떤 몸매의 여성이 특히 매력적인지에 관해 일반적으로 일치된 의견과 같은 것이 존재한다. 여기서 날씬한 몸매의 여성이 몇 킬로그램 더 나가는 여성보다 반드시 더 매력적이라고 등급이 매겨지는 것은 아니다. 남성의 관심은 엉덩이와 허리의 비율에 좌우되는데, 날씬한 허리를 지닌 풍만한 여성이 일자 몸매의 가냘픈 여성보다 더 인기가 높다.

우리 삶에서 항상 그렇듯이, 적절함이 관건이다. 허리와 엉덩이 비율을 조금씩 수정함으로써 같은 여성의 허리 부분을 네 가지 변형으로 묘사한 사진들 중에서 남자들은 한결같이 가장 잘록한 허리를 지닌 사진을 선택한다. 이는 아직 놀라운 일이 아니다. 하지만 허리 이외에도 실험 대상의 몸무게를 인위적으로 변형시킨

사진들을 같은 남자들에게 보이면, 흥미로운 결과를 얻게 된다. 날씬한 허리를 지닌 풍만한 모델이 일자 허리를 지닌 가냘픈 모델보다 더 많은 표를 얻는다. 가장 이상적인 비율은 허리 둘레가 엉덩이 둘레의 67퍼센트에서 80퍼센트 사이에 있을 때이다.

그 배후에는 진화에 관한 오래된 전승이 있다. 동굴 속에 살던 남자들이 신붓감을 고를 때 두 가지 사항을 특히 매력적으로 여겼는데, 하나는 아이에게 젖을 먹일 수 있는 큰 가슴이었고, 다른 하나는 아이를 쉽게 낳을 수 있는 넓은 골반이었다. 하지만 가슴 크기는 모유 생산에 아무런 영향을 주지 않으며, 마찬가지로 엉덩이에 붙어 있는 지방 조직이 골반뼈 사이의 간격에 영향을 주는 것도 아니다. 따라서 이 모든 것은 출산력이 강하다는 인상을 심어주는 일종의 속임수이다.

20대 초반의 시기는 여성에게 있어 임신을 위한 최적의 나이이다. 그리고 20세 전후의 여성은 체중이 늘더라도 대부분 가슴과 엉덩이에 지방이 축적된다. 이에 반해 이보다 나이가 많은 여성이나 남성의 경우, 지방은 몸 전체에 골고루 퍼지게 된다. 여성은 가슴과 엉덩이의 둥근 모양을 통해 모유로 채워진 가슴과 넓은 골반을 갖고 있다는 인상을 남성에게 전달하고 있다. 이는 남성이 빠져들던 속임수이며, 여성에게는 벌로서 잘못된 부위에 몇 파운드의 불필요한 살이 붙여졌다.

진화 상의 의미로 남성의 반격은 여성의 피하 지방 조직이 적다는 것에 대한 증거로 가는 허리를 요구하는 데에 있었다. 여성은 가는 허리를 유지하기 위해 잉여 지방 조직을 엉덩이와 가슴

에 축적함으로써 이러한 요구를 별 문제 없이 무력화시켰다. 36 -
36 - 36의 치수를 지닌 여성은 과체중이거나, 임신 중이거나, 아니
면 중년의 나이에 있다. 36 - 24 - 36의 치수를 지닌 여성은 플레이
보이 잡지에서 이 달의 미인으로 고려의 대상이 될 것이다.

아름다운 여성은 남성의 신분을 상징한다

맞는 말이다. 속설은 "여자는 자기 남자의 영예이다"라고 결론짓고 있다. 본래 누구나 이미 알고 있는 다음 사실이 연구를 통해 입증되었다. 아름다운 여자가 자기 남자의 위신을 세워주는데 반해, 잘 생긴 남자가 반드시 자기 여자의 명망을 높여주는 것은 아니다.

빈의 생태학자 카알 그라머는 이에 관해 매우 인상적인 연구 결과를 발표했다. 그라머는 테스트에 참여한 사람들에게 각기 배우자와 함께 찍은 남자들과 여자들 사진을 보여주고, 이 남자들과 여자들에 대해 플러스 4.00점(신분 상승)에서 마이너스 4.00점(신분 하강)에 이르는 점수를 매기도록 했다. 최고 점수는 매력적인 여자를 아내로 둔 못 생긴 남자가 받았다. 못 생긴 남자를 남편으로 둔 못 생긴 여자나, 매력적인 여자나 못 생긴 여자를 아내로 삼은 잘 생긴 남자들은 모두 좋지 않은 점수를 받았다.

남자가 아름다운 여인과 함께 외출할 때 그의 신분은 엄청나게 상승하는데 반해, 외모가 출중한 남자를 대동하는 경우 여자의 신분은 그다지 상승하지 않는다. 이에 비해 남자가 못 생긴 여자를 대동하는 경우 그의 위신은 떨어지지만, 여자가 못 생긴 남자와 외출할 때 그녀의 이미지는 그다지 손상되지 않는다. 육체적으로 매력적이지 못한 여자와의 데이트는 남성의 신분 등급에 있어서 마이너스 1.47점을 기록하고 있는데 반해, 육체적으로 매력적이지 못한 남자와의 데이트는 여성의 신분 등급 상 마이너스 0.89점을 기록하고 있다.

결론적으로, 아름다운 여자는 남자의 사회적 신분을 상승시키는데 반해, 못 생긴 여자는 남자의 신분이나 위신 면에서 중대한 손실을 가져온다. 이에 반해 여자도 매력적인 경우를 제외하고 잘 생긴 남자는 오히려 여자의 이미지를 손상시킨다.

남자들은 본성상 일부다처이다

틀린 말이다. 어쨌든 동물학자들은 남자들이 소문보다는 더 낫다고 주장한다. 남성을 다른 영장류와 비교한 결과, 동물학자들은 남성을 '일부다처의 특징이 가미된 일부일처의 존재'로 분류했다. 신체 구조 상의 장비가 일부다처를 이루기에는 충분치 못하다는 것이다.

동물 세계에는 이와 관련해서 단순한 방정식이 존재한다. 수컷의 체구가 큰 종일수록 수컷은 암컷 하나에 대해 신의를 지키는 일에 관심을 덜 보인다. 그리고 고환이 큰 종일수록 섹스를 자주 갖는다. 하지만 이러한 사실들이 곧바로, 체구가 큰 수컷은 당연히 고환도 크며 따라서 섹스도 더 자주 갖는다는 것을 의미하는 것은 아니다. 체구가 큰 수컷들은 오히려 고환이 작으며, 섹스도 덜 갖는다. 이와는 반대로 체구가 작은 수컷들은 고환이 크며, 섹스도 자주 갖는다.

수컷과 암컷 사이에 크기 차이가 특히 심한 종들의 경우, 수컷

은 일반적으로 여러 마리의 암컷을 자기 주위로 모아 규방을 꾸
민다. 예를 들면, 바다코끼리는 몸무게나 신장 면에서 수컷이 암
컷의 몇 배에 달하는데, 수컷은 번식기에 최대 30마리의 암컷을
수태시킨다. 이에 반해 기러기처럼 쌍을 이루는 종들의 경우에는
수컷과 암컷의 크기가 대부분 비슷하고, 수컷은 일반적으로 신의
를 지킨다.

인간과 비슷한 유인원의 경우, 고릴라 수컷은 암컷보다 훨씬 크
며 이목을 끄는 규방도 갖고 있다. 이에 반해 포효원숭이의 수컷
과 암컷은 크기가 비슷하며, 쌍을 이루고 있다. 인간의 경우, 남성
이 여성보다 평균 7센티미터 더 크다. 이는 남성의 바람기를 암시
하는 것이지만, 고릴라나 바다코끼리처럼 여러 암컷을 거느리는

자신의 규방을 갖기에는 불충분한 것이다.

신체 크기 이외에도 수컷의 정조를 생물학적으로 결정짓는 신체 구조 상의 두 번째 요인은 체격에 대한 고환의 크기이다. 고환이 클수록 수컷은 더 많은 테스토스테론을 체내에 갖게 되며, 고환에서 테스토스테론이 충분하게 생성된다는 한 가지 사실에서 전적으로 난혼의 성향을 감지할 수 있다. 이에 대한 근거는 명백하다. 다시 말해 암컷 하나가 여러 수컷과 교미하게 되면, 수컷들의 정액은 암컷의 난세포에 먼저 도달하기 위해 경쟁을 한다. 이러한 경쟁에서 이기기 위한 가장 쉬운 방법은 경쟁 상대보다 정액을 더 많이 생산해서 경쟁 상대의 정자를 수적으로 압도하는데에 있다. 예를 들면, 아프리카의 보노보는 모든 영장류 가운데 고환이 가장 크며, 주위에 있는 암컷들과 끊임없이 교미를 한다. 이에 반해 거대한 체구의 고릴라는 상대적으로 작은 고환을 갖고 있으며, 암컷들을 많이 거느리고 있음에도 불구하고 1년에 한 번 교미하는 것에 만족할 수 있다.

남성의 고환은 신체 크기와 비교할 때 영장류 가운데 중간 정도에 해당한다. 남성은 바람기를 명백히 감지할 수 있을 정도로 테스토스테론을 충분히 생산하고 있다. 하지만 이러한 바람기를 마음껏 펼칠 수 있는 정도는 아니다. 남성은 침팬지들 사이에서와 같은 난혼 제도를 이루기에는 고환의 크기가 작으며, 고릴라처럼 일부다처제를 이룰 만큼 몸집이 크지도 않다. 과학적 연구들도 체구가 작은 남자들이 큰 남자들보다 정조를 더 잘 지킨다는 점을 입증했다.

여자들의 정조 관념이 희박해진다면, 남자들은 섹스를 더 많이 갖게 될 것이다

틀린 말이다. 생물학자들은 정반대의 말을 하고 있다. 다시 말해 여자들의 정조 관념이 희박해진다면, 남자들은 섹스를 덜 갖게 된다는 것이다.

위와 같은 상투어는 단적으로 그릇된 추측에 근거하고 있다. 다시 말해 일부일처제 사회에서 여성은 남성에게 혼인 정조의 의무를 지우고 있으므로 이는 곧 여성의 승리를 의미하는 반면, 난혼제 사회에서 남자는 구속받지 않고 원하는 대로 많은 여자들과 관계할 수 있다는 생각은 잘못된 것이다. 정조가 없는 사회는 여성에 대한 남성의 승리와 그로 인한 무제한의 섹스를 뜻하는 것이 아니라, 모든 다른 남자들에 대한 소수 남자들의 승리를 의미한다.

일부다처제 사회에서 대부분의 남자들은 독신 생활을 강요당하며, 아이도 갖지 못하게 된다는 것이다. 여자가 남자에게 자기 유전 인자를 지닌 아이를 낳아준 데 대한 보상으로 남자가 아이를 공동으로 보살필 태세를 보이지 않는다면, 다시 말해 견고한 파트너 관계를 맺지 않는다면, 여자에게는 2등짜리 남자에게 만족할 아무런 이유가 없는 것이다. 여자들은 자기 아이가 최상의 조건에서 삶을 시작할 수 있도록, 최고의 유전 형질을 지닌 가장 훌륭해 보이는 남자들만을 찾게 될 것이다.

소수의 멋진 남자들은 아이를 매우 많이 갖게 되겠지만, 나머지 남자들은 아무 것도 나눠 갖지 못하고 아이도 없이 금욕적인 삶을 살게 될 것이다. 따라서 일부다처제의 법적인 금지는 일차적으로 여성이 아니라 남성을 보호하는 것이다. 직업 상의 성공을 추구하는 여자는 셋이서 이루는 혼인을 오히려 이득이 된다고 여길지 모른다. 그녀는 아이를 양육하는 일을 분담할 파트너를 두 명 갖게 되기 때문이다. 만약 많은 여자들이 가난한 남자의 첫째 부인보다는 부자인 남자의 둘째 부인이 되고자 한다면, 많은 남자들은 독신 생활을 강요받게 된다. 따라서 일부다처제의 법적인 금지는 아마도 여성을 보호하는 입법이 아니라, 오히려 남성을 위한 것이다.

여자들은 남자들보다 질투가 더 심하다

틀린 말이다. 생물학적으로 보아 남성이 질투심이 더 많다. 할리우드 영화에서 정반대의 주장이 항상 제기되고 있기는 하지만, 질투가 심한 아내에 관한 상투적인 얘기들을 살펴보면 남자의 소망이 이러한 견해를 만들어낸 듯하다. 그렇지 않은 경우, 남성이 진화 과정에서 다른 사람의 정자와 자유롭게 겨룰 수 있는 본격적인 생물학적 방어 무기들을 부정한 배우자에 대해 활용했다는 사실을 해명할 수 없다.

> 부정(不貞)은 남성과 여성의 유전적인 운명에 서로 다른 영향을 끼친다.
> 여성은 자기가 낳은 아이가 자기의 유전 형질을 지니고 있음을
> 항상 확신할 수 있는데 반해, 남성은 자기 아내가 낳은 아이가
> 경쟁 상대의 유전 형질을 지니고 있을 위험에 빠져 있다.

생물학자들은 성적인 질투를 자신의 생식 성과를 보장하기 위한 생물학적 전략으로 여기고 있다. 남성은 여성과는 달리 자신이 친부임을 결코 확신할 수 없는 불리한 위치에 있으며, 따라서 방어 조치들을 개발해 왔다는 것이다. 남성은 당일 컨디션에 따라 한 번의 사정으로 최대 6억 마리의 정자를 난세포를 향한 여행길에 떠나보낼 수 있다는 사실도 이러한 이론을 뒷받침하고 있다. 하지만 이들 중 최대 200개 정도의 선택된 정자들만이 결승전에 진출한다.

자기 부인이 이론적으로 다른 남자의 아이를 가질 수도 있을 만큼 오랜 기간 동안 남편이 부인과 떨어져 지냈다면, 그의 정액 속의 정자 수는 평상시의 거의 세 배에 달하게 된다. 여기서 관건이 되는 것은 그가 최근에 사정을 했던 시점이 아니라, 그가 자기 부인과 마지막으로 잠자리를 같이 했던 시점이다. 부정 의혹만으로도 남성의 정자 생산은 늘어난다. 남편이 자기 부인의 정조를 의심할수록 섹스 도중에 생성되는 정자의 수는 더 많아진다.

질투가 지닌 진화 상의 논리는 쉽게 실감할 수 있다. 예를 들어 어떤 남자가 다른 남자의 아이를 모르고 양육한 경우, 진화의 관점에서 볼 때 그는 큰 손해를 본 것이다. 그는 다른 남자의 아이를 돌봄으로써 정작 자신의 유전 인자로부터 생식 기회를 빼앗은 셈이다. 따라서 남자들은 자기 부인이 다른 남자와 잠자리를 같이 했는지 여부에 신경을 많이 쓴다. 이에 반해 여자들은 남자의 관심과 애정이 식지 않았는지에 더 많은 관심을 보이는데, 이는 돈이나 신분과 같은 남자의 재원에 대한 통로를 잃지 않고, 다른 남자들로부터도 계속 자신을 보호하기 위해서이다.

부정은 남성과 여성의 유전적인 운명에 서로 다른 영향을 끼친다. 여성은 자기가 낳은 아이가 자기의 유전 형질을 지니고 있음을 항상 확신할 수 있는데 반해, 남성은 자기 아내가 낳은 아이가 경쟁 상대의 유전 형질을 지니고 있을 위험에 빠져 있다. 이런 경우 자신의 유전 인자는 사멸할 위기에 처해 있는 것이다. 남편이 간통을 하는 경우에도 여성에게는 이러한 위험이 존재하지 않는다. 부정은 남편의 유전적 생존을 위협하는 것이므로, 언제 있을지 모를 제삼자의 침입에 대처하기 위해 효과적인 예방 전략을 개발할 근거를 제공하고 있다.

금발 여성은 머리가 나쁘다

"금발의 여자는 조랑말과 구별되지 않는다"는 속설이 있기는 하지만, 이는 틀린 말이다. 과학적 연구들은 지능이 머리 색깔과는 아무런 관련도 없음을 입증했다. 위와 같은 상투적인 말을 반증하기 위해서는 통계 자료를 보는 것만으로도 충분하다. 1990년대 말 미국의 전체 인구 중 (선천적인) 금발 여성의 비율은 간신히 10퍼센트를 넘고 있는데 반해, 미국의 여성 영재 클럽에는 4,860명의 금발 여성들이 있었으며, 이는 전체 영재 여성의 27퍼센트에 해당하는 숫자였다.

금발 여성은 면접시에 더 큰 어려움을 겪는데, 대부분 금발이 정신 능력이 낮다고 생각하기 때문이다. 이러한 사실은 영국의 코벤트리 대학교의 한 연구 결과에서 밝혀졌다. 실험에 참여한 사람들에게 21살 된 모델의 사진들이 주어졌는데, 이 사진들은 이 모델이 밝은 금발과 어두운 금발, 갈색과 붉은 색 가발을 쓴 모습들을 각각 담고 있었다. 이 실험에서 밝은 금발이 모두로부터 가장 낮은 점수를 받았다. 금발 미인은 지능이 낮은 것으로 간주되고 있음을 다른 연구 결과들도 입증하고 있다.

금발인 사람이 지능이 낮다는 편견은 아직도 계속되고 있다. 이러한 편견의 근거가 되는 것은 호르몬이다. 금발은 혈액 속의 에스트로겐 함량은 높은 반면, 테스토스테론 함량은 낮다는 표지가 된다. 그런데 남성의 특별한 능력들은 테스토스테론에서 나오는 것이다. 주차를 하거나 도로 지도를 보는 일, 벽에 못을 박는 일 등과 같은 공간적 사고와 관련된 모든 일들은 테스토스테론의 도움을 받아 이뤄진다. 이런 일들에서 금발 여성은 다른 여성들보다 어쩔 수 없이 능력이 떨어지며, 이런 이유로 남자들은 금발 여성이 특히 머리가 나쁘다고 여길 수 있는 것이다.

금발 여성과는 쉽게 잠자리를 같이 할 수 있다

이 역시 틀린 말이다. 오히려 정반대이다. 스웨덴의 연구 결과들은 심지어 금발 여성이 특히 정조가 굳음을 보여주고 있다. 금발 여성은 갈색이나 검정 머리의 여성들에 비해 바람을 피우거나 뜨거운 애정 행각을 벌이는 경우도 드물며, 쉽게 사랑에 빠지지 않을 뿐만 아니라, 파트너를 고르는 일에 있어 더 까다롭다고 한다.

금발 여성을 쉽게 가질 수 있다는 말에는 오히려 그러한 소망이 숨어 있다. 로렐라이가 자기 금발 머리를 빗기만 했을 뿐인데, 선원들은 술에 취한 듯 암초에 부딪혀 물 속 깊이 가라앉았다. 또한 17세기에 유럽에서 여자들을 겁탈하는 원숭이들에 관한 이야기가 퍼졌을 때, 동물학자였던 에드워드 타이슨은 이 원숭이들이 특히 금발 여성을 좋아한다고 주장했다. 게다가 타이슨은, 어떤 비비 원숭이가 금발의 시녀에게 반한 나머지 쇠사슬이나 그 어떤 벌로도 그 사랑을 멈추게 할 수 없었다는 이야기를 덧붙였다.

남자들 가운데 67퍼센트가 금발을 이상적인 여인으로 꼽고 있다. 독일 보훔 대학교의 연구진은 금발 여성이 벌금 딱지를 받는 경우는 아주 드물며, 교제 광고를 낸 경우에는 60퍼센트나 더 많은 응답을 받는다는 사실을 발견했다. 영국의 한 연구 결과는 심지어 금발 여성이 슈퍼마켓 계산대에서 더 많은 고객을 상대한다는 사실을 입증하고 있다. 다시 말해 남자들은 다른 계산대의 줄이 더 짧음에도 불구하고 금발의 계산원이 있는 곳에 줄을 선다는 것이다. 금발의 계산원은 매상을 23퍼센트나 더 올린다고 한다.

진화 학자들은 남성이 금발 여성을 특히 좋아하는 것은 단순한 생물학적 조건반사일 뿐이라고 얘기한다. 금발이 서른 살까지 가는 경우는 드물며, 따라서 금발은 청년기의 징후 중 하나라는 것이다. 금발 여성이 첫 아이를 낳은 후에는 머리카락이 짙은 색을 띠게 되는데, 그 이유는 에스트로겐 함유량이 감소하기 때문이다. 따라서 선천적인 금발 여성들 가운데 서른 살이 넘은 사람은 소수에 지나지 않는다. 어림잡아 이번 세기 말에는 금발 여성이 없어지게 될 것으로 보이는데, 금발 여성과 짙은 머리 색깔의 남성이 결합하는 경우 유전 상으로 우성인 짙은 머리 색깔을 얻게 되기 때문이다. 그러므로 이미 오래 전부터 금발 여성과 결혼하는 남자는, 최고의 임신 적령기에 있으며 게다가 그 전에 아이를 낳지 않았음이 거의 확실한 젊은 여성을 선택했다는 것을 대체로 확신할 수 있었다. 남자들은 여성의 외모에서 여성의 진짜 나이를 확실하게 어림 잡을 수는 없었기 때문에, 금발이 아닌 여성을 사랑하는데 있어 위와 같은 확신이 반드시 있었던 것은 아니었다.

다윈의 유전 상의 회전목마 이론에 의하면, 금발 여성에 대한 선호는 남성의 유전 인자에 굳게 자리잡았다. 다시 말해 동굴에서 살던 시대에 금발의 여자들을 좋아했던 남자들은 ─금발의 여자들이 더 젊었기 때문에─ 금발이 아닌 여자들을 좋아했던 남자들보다 결국은 더 많은 후손을 남겼다는 것이다.

이미 다윈은 이 과정을 성적인 도태라고 설명했다. 특별히 길고 화려한 꼬리깃을 지닌 제비는 진화 과정에서 짧은 깃털을 지닌 제비보다 더 많이 번식하는데, 이는 암컷 제비들이 긴 꼬리깃 제비들을 선호하기 때문이며, 주목을 받지 못하는 제비들에게는 그만큼 교미 기회가 드물기 때문이다.

남자가 한 번의 사정으로 내보내는
정자의 수는 최대 6억 개에 이르지만,
모든 정자가 난세포를 향한 경영에
참여하는 것은 아니다.

같은 나이의 사람들이 성적으로 가장 잘 어울린다

틀린 말이다. 성적으로는 젊은 남자들이 원숙한 여자들에게 더 잘 어울리며, 원숙한 남자들은 젊은 여자들에게 더 잘 어울린다.

이에 대해 의구심이 드는 사람은 통계 자료를 보기만 해도 된다. 인간이 일생 동안 성욕을 느끼는 정도는 곡선으로 표시할 수 있는데, 여기서 가장 눈에 띄는 점은 이 곡선이 남성과 여성에게서 정반대로 진행된다는 사실이다. 남성의 성욕은 19세의 꽃다운 나이에 최고조에 이른 반면, 여성의 경우에는 36세에서 38세 사이의 느지막한 시기에야 최고점에 달한다.

남성의 경우 성욕은 해가 갈수록 감소해서 40세 무렵에는 지속적인 수치에 머무르게 된다. 그러나 여성의 성욕 수위는 이와는 정반대로 진행된다. 여성은 20세를 전후해서는 오히려 소극적이지만, 30대 중반부터는 남성을 훨씬 능가한다. 이러한 사실은, 젊은 남자들과 원숙한 여자들이 동년배의 남자들과 여자들보다 성

통계 자료상 인간이 일생 동안 성욕을 느끼는 정도는 곡선으로 표시할 수 있는데,
여기서 눈에 띄는 점은 이 곡선이 남성과 여성에게서 정반대로 진행된다는 사실이다.
남성의 성욕은 19세의 꽃다운 나이에 최고조에 이른 반면,
여성의 경우에는 36세에서 38세 사이의 느지막한 시기에야 최고점에 달한다.

적으로 더 잘 어울림을 의미하는 것이다.

하지만 여자들이 너무 일찍 환호하기 전에 알아야 할 사항이 있다. 남자의 젊은 정부도 최소한 생물학적인 정당성을 갖고 있다는 것이다. 다시 말해 이론적인 수렴성은 다른 방향에서도 이뤄지고 있다는 것이다. 통계에 따르면, 20세 여성의 성적 요구는 동년배 사내아이보다는 원숙한 남성의 성적 요구와 걸맞다고 한다.

사람들은 봄에 성욕을 더 느낀다

틀린 말이다. 사실은 봄 기분이 아니라 가을 기분이라 해야 한다. 어쨌거나 수백만 년 동안 지속되어 온 인간의 성적인 연중 주기는 이를 얘기하고 있다. 날씨가 온화하고 따뜻할 때, 다시 말해 봄과 초여름에 아기들이 태어나도록 인간의 성적인 연중 주기는 맞춰져 있다. 아기들은 겨울보다는 따뜻한 계절에 생존 가능성이 더 높기 때문에, 대부분의 아기들은 가을이나 늦여름에 수태된다.

예를 들어, 통계에 따르면 독일에서는 대부분의 아기들이 6월이나 7월에 태어나는데, 이는 날씨가 흐린 10월이나 11월에 섹스가 많이 이뤄지고 있음을 의미하는 것이다. 연방 통계청의 조사에 따르면, 이에 반해 2월과 3월의 출산율은, 다시 말해 봄에 수태된 아기들의 숫자는 하위에 머물고 있다.

성욕의 정도는 테스토스테론 농도에서도 측정할 수 있다. 테스토스테론 농도는 남성이나 여성 모두에게서 가을에 최고점에 이르며, 봄에 최저 수치를 기록한다. 봄은 로맨틱한 시기일 수 있지만, 성욕은 가을에 가장 강렬해진다. 이는 아마 과도한 햇빛이 정액에는 좋지 않다는 사실과도 관련이 있는 듯하다. 학자들은 여름에 일사량이 늘어남에 따라 비교적 많은 수의 정자가 생성되지만, 이 정자들 가운데는 결함 있는 것들이 특히 많음을 발견했다.

그렇다면 모든 것은 망상에 불과하며, 봄 기분이란 것은 아예 없는 것일까? 결코 그렇지 않다. 점점 강렬해지는 일광은 로맨틱한 감정을 싹트게 하는데, 이때 자극의 한계는 2,500룩스에 달한다. 빛이 증가하면 호르몬 생성이 촉진되고, 어둠이 증가하면 호르몬 생성은 둔화된다. 이러한 과정은 멜라토닌이라는 호르몬에 의해 조종되는데, 멜라토닌은 또한 피부 색소 침착을 일으키기도 한다. 봄에는 이 호르몬의 수치가 상승하므로, 우리는 봄 기분을 느끼게 된다. 하지만 이를 성욕과 혼동해서는 안 된다.

섹스는 즐거움과는 아무런 관련이 없다

맞는 말이다. 우리가 섹스를 하는 것은 우선 발전사적으로 보아 오로지 숙주와 기생 생물간의 군비 경쟁과 관련이 있는 것인데, 이 경쟁에서 섹스라는 번식 방법은 특히 성과가 있는 것으로 입증되었다.

섹스는 유전적인 다양성을 증대시키며, 원치 않는 기생 생물의 습격에 대비한 인간 유기체의 방어 전략 가운데 하나이다. 다시 말해 섹스는 컴퓨터의 안티 바이러스 프로그램과 같은 것이다. 성욕 그 자체는 근본적으로 있어서는 안 될 사치이다. 섹스의 유일한 가치는 부모와 구별되는 아이를 낳는 데에 있다.

인간에게 있어 성생활은 아이를 얻는 유일한 수단이지만, 자연에는 다른 번식 방법들도 있다. 예를 들어 현미경으로만 알아 볼 수 있는 작은 동물들은 세포 분열하며, 버드나무들은 꺾꽂이한 가지로부터 자라고, 식물들은 어미 식물의 유전질로부터 무성 생식된 씨앗을 생산한다. 또한 동정인 잎벌은 역시 동정인 새끼들을 낳는데, 이 새끼들은 벌써 다른 잎벌들을 잉태하고 있다. 심지어 물벼룩은 번식 메커니즘을 정기적으로 바꾼다. 물벼룩은 통상적으로는 무성 생식하지만, 순전히 암컷이었던 물벼룩들 가운데 반은 일정 시기에 수컷으로 변해 알려진 방식대로 출산이 이뤄진다.

그럼에도 불구하고 식물세계나 동물세계, 인간세계에서 출산은 일반적으로 암컷과 수컷의 수정을 통해 이뤄지며, 따라서 성별은 어떤 의미를 지니고 있음이 틀림없다. 그렇지 않다면 성적인 구분은 이미 오래 전에 사라졌을 것이고, 아들은 더 이상 도움이 되지 않기 때문에 우리 어머니들은 딸만 낳았을 것이다.

성생활의 본질적인 특징은 유전 인자의 교환에 있다. 아기는 순전히 친조부모와 외조부모 네 명의 유전 인자들로 이뤄진 혼합물을 지니고 있으며, 이 유전 인자들은 부모를 통해 전달된다.

이러한 유전 인자의 혼합은 새로운 유전 인자 조합을 만들어내는 데에 그 의의가 있다. 그렇지 않은 경우 푸른 눈과 금발 머리처럼 서로 짝지어진 유전 인자들은 영원히 서로 결합된 채로 남아 있을 것이다. 이 결과 우리 부모들은 계속해서 자기 자신의 복제품만을, 다시 말해 푸른 눈과 금발 머리를 가진 아기들만을 낳을 것이고, 갈색 눈과 금발 머리를 지닌 아기는 결코 존재하지 않게 될 것이다. 유성 생식의 장점은 종이 이런 방식으로 계속 발전할 수 있다는 데에 있다. 무성 생식을 하는 생물에게서는 이러한 유전 인자의 혼합이 이뤄지지 않으며, 이는 어미 딸기나 박테리아가 항상 자신의 복제품만을 생산하는 결과를 가져온다.

무성 생식은 같은 번호의 복권을 많이 갖고 있는 것에 비유할 수 있다. 그러나 만약 당신의 아들이 교황이 되기를 바란다면 최선책은 같은 아들들을 여럿 두는 데에 있는 것이 아니라, 서로 다른 아들들을 여럿 둔 가운데 그 중 한 아들이 좋은 심성을 지니고 영리하며 신심도 깊기를 기대하는 데에 있다.

오로지 섹스를 통해서만 유전적인 다양성과 유전 인자의 변화 폭이 확대될 수 있다. 왜냐하면 DNA의 단순한 복제품들은 생명이 다할 때까지 계속해서 결함을 지닌 복제품으로 나올 것이기 때문이다. 유전 인자가 끊임없이 새로 혼합되고 그로써 새로운 유전 인자를 만들어내는 유성 생식이 무성 생식보다 우월하다.

인간의 최대 적수는 인간이 아니며, 인간의 생존을 가장 위협하는 것은 질병과 전염병이다. 천지 개벽 이래 지금까지 있었던 전쟁보다는 질병과 전염병에 의해 더 많은 사람들이 급사했다. 각 사람은 셀 수 없을 만큼 많은 수의 박테리아를 몸 속에 지니고 있다. 인간의 장 속에 있는 박테리아만 하더라도 살아 있는 동안, 원숭이로부터 인간이 되기까지 필요로 했던 세대 수의 여섯 배에 해당하는 세대 수에 걸쳐 새끼를 낳는다. 이러한 기생 생물과 숙주—이 경우는 인간이 숙주이다—사이에는 영속적인 전쟁이 일어난다. 유기체의 효과적인 방어 전략이 없었다면, 인류는 오래 전에 질병으로 말미암아 멸종됐을 것이다.

이러한 방어 전략에는 섹스와 그로 인한 유전 인자의 혼합이 있다. 쉽게 말해, 기생 생물은 세포 속에 침투하여 난동을 피우며 유기체에 해를 끼친다. 이에 대해 유기체는 세포로 가는 출입구를 암호화함으로써 스스로를 방어한다. 암호를 알고 있는 자만이 이 출입구를 이용할 수 있다. 따라서 이제 기생 생물의 관심사는 이런 암호를 해독하는 데에 있으며, 유기체는 세대마다 이 암호를 바꿈으로써 기생 생물의 암호 해독을 피하려고 한다. 그런데 암호를 바꾸는 일은 성행위로 이뤄지는 유전 인자의 혼합을 통해서만 가능하다. 이처럼 기생 생물은 유기체가 자기 유전 인자를 세대마다 바꾸도록 자극하고 있다.

오늘날 기생 생물의 생존 기간은 그들의 숙주보다 훨씬 짧다. 따라서 다음 세대의 인간이 나타날 때쯤이면 기생 생물은 이미 전 세대의 암호를 해독했음이 확실할 것이다. 무성 생식에 비해 유성 생식이 지닌 커다란 이점이 여기에 있다. 유성 생식을 하는 종은 유전 인자의 혼합 덕분에 서로 다른 자물쇠를 여러 개 갖고 있다. 이에 반해 무성 생식을 하는 종은 모두 똑같은 자물쇠를 갖게 된다. 따라서 맞는 열쇠를 갖고 있는 경우 기생 생물은 무성 생식을 하는 종을 짧은 시간 내에 죽일 수 있지만, 유성 생식을 하는 종을 죽이지는 못한다. 전염병이 창궐하고, 그런 경우 오로지 살충제만으로 대처할 수 있는 단식 농경지에서 그 예를 보듯이 말이다. 이처럼 유성 생식을 하는 종은 항상 자신의 복제품만을 반복 생산하는 종보다 더 높은 생존 가능성을 지닌 후손들을 생산할 수 있다.

그러나 이 모든 것이 너무 실용적인 얘기로 들린다 하더라도 세상에서 가장 아름다운 일에 있어서의 즐거움을 망칠 필요는 없다. 결국 중요한 것은 이 일에서 성과로 나타나는 것 내지는 이 일을 통해 만들어지는 것이다.

섹스가 잘 이뤄질수록 파트너 관계도 더 돈독해진다

틀린 말이다. 우리는 열정적인 섹스와 지속적인 애정이 서로 배타적인 관계에 있음을 어렴풋이 알고 있었다. '좋은 섹스 = 좋은 관계' 라는 본래 납득할 만한 공식에 호르몬은 관여하지 않는다. 우리에게 깨우침을 주는 이러한 사실을 학자들은 프레리(Prairie, 북아메리카의 대초원을 말함—역자 주) 쥐의 교미 습관을 관찰하는 가운데 발견했으며, 이 사실은 인간에게도 적용할 수 있다고 한다.

프레리 쥐들은 처음 만난 후 이틀 동안 약 50회 가량, 다시 말해 매 시간마다 한 번씩 교미를 한다. 성적인 열정이 사그라지면 수컷에게서는 분위기의 극단적인 변화가 일어나는데, 다시 말해 수컷은 정열적인 연인에서 성실하게 보살피는 가장으로 변모한다. 정욕이 줄면서 보금자리를 꾸미게 되는데, 수컷은 경쟁자가 될 만한 것들에 대해서는 으르렁거리며 자기 집과 암컷을 지킨다. 호르몬을 연구하는 생태내분비학 학자들은 이에 대한 원인이 '애정 호르몬'으로도 알려져 있는 바소프레신에 있다고 보았는데, 수컷 쥐의 뇌 속에 있는 이 호르몬의 함량은 교미를 자주 하게 되면 급격하게 늘어난다.

이는 상당히 음험한 자연 메커니즘에 관한 것이다. 사정을 할 때마다 수컷의 뇌 속에 있는 바소프레신 함유량은 늘어난다. 이것은 프레리 쥐 수컷이 암컷과 섹스를 자주 가질수록, 수컷의 뇌 속에는 바소프레신이 더 많이 주입됨을 의미하는 것이다. 이는 결국 수컷의 욕구를 섹스에서 남편답고 아버지다운 행동에 대한 갈망으로 전환시킨다.

이는 학자들이 그 동안 인간의 뇌에서도 입증한 순환 과정이다. 남성에게서도 오르가즘 직후에 바소프레신의 함량이 늘어나는 반면, 여성에게서는 또 다른 애정 호르몬인 옥시토신이 증가한다. 활기찬 성생활을 위한 조건이 되는 것은 높은 테스토스테론 농도인데, 높은 테스토스테론 농도는 그 반면 지속적인 애정

을 이루는데 장애가 되며, 바소프레신과 옥시토신에 의해 그 농
도는 낮아진다. 독신 남성의 경우 기혼 남성보다 테스토스테론
함량이 더 높으며, 연구 결과에 따르면 남성의 테스토스테론 농
도는 자녀가 태어날 때마다 줄어든다고 한다. 반면에 이혼을 하
게 되면, 테스토스테론 농도는 결혼 전의 수치까지 곧바로 상승
하게 된다고 한다.

지속적인 결혼 생활을 위한 가장 좋은 여건은 바소프레신과 옥
시토신의 함유량이 비교적 높고, 혈액 속의 테스토스테론 수치가
낮을 때 마련된다. 이에 반해 좋은 섹스를 가지려면 테스토스테론
농도가 높아야 한다. 이는 이미 오랜 시간을 함께 살아온 부부들
이 서로간의 섹스는 덜 갖는다는 사실을 설명해 준다. 그리고 이
는 정말 애석하게도, 열정적인 섹스와 지속적인 애정은 화학적으
로 서로 배타적이라는 사실을 의미한다.

남자들은 여러 종류의 정자를 갖고 있으며, 모든 정자가
생식 능력이 있는 것은 아니다

맞는 말이다. 남자가 한 번의 사정으로 내보내
는 정자의 수는 최대 6억 개에 이르지만, 모든 정자가 난세포를
향한 경영에 참여하는 것은 아니다.

영국의 생물학자인 로빈 베이커가 자기 책 '정자들의 전쟁'에
서 제기한 이론은 많은 논란을 불러일으켰지만, 그 사이 전문가들
은 그의 이론이 사실이라는 점에는 의견의 일치를 본 듯 하다. 베
이커의 이론에 따르면, 남성은 여러 종류의 정자를 갖고 있으며,
정자들 중 몇 개만이 여성의 난세포를 향한 15센티미터 길이의
힘든 구간을 완주해야 할 임무를 지니고 있다는 것이다. 사출된
정액 중 단지 200여 개의 정자만이 결승전에 진출한다. 나머지 정
자들은 전선의 전투병들을 보호할 임무를 지닌 후위 부대를 이루
고 있다.

베이커에 따르면, 축구에도 공격수와 수비수가 있듯이 남성은

서로 다른 종류의 정자들을 생산한다는 것이다. 공격수들은 난세포를 찾을 때까지 헤엄을 치며 수색하고, 수비수들은 또 다른 전략을 추구한다. 다시 말해 수비수들은 경쟁자의 정액이 침투하는 것을 막아야 한다.

수비수들은 남아서, 그들의 꼬리를 서로 엮어 일종의 차단봉을 설치하는데, 이는 세관원처럼 새로 도착한 이들을 검문하기 위한 것이다. 자기 편의 정자들만이 자유 통행권을 얻으며, 이에 반해 다른 남자에게서 나온 정자들은 곧바로 포위돼서 살해된다. 이렇게 해서 난세포 사냥꾼들은 아무런 방해도 받지 않고 난세포를 만나기 위해 질 관 속을 계속 헤엄칠 수 있다. 이는 낯선 정액에 대비하여 세심하게 고안된 방어와 공격 체계라고 하겠다.

남성의 정자는 여성의 생식기 내에서 여러 날 생존할 수 있으므로, 이러한 방어망은 생물학 상의 정조대처럼 작용하며, 따라서 여성은 며칠 동안 다른 남자에 의해 수태되지는 못한다.

이는 또한 남성이 여성보다 왜 더 자주 섹스를 원하는지를 설명해주기도 한다. 어떤 여자가 동시에 두 명의 남자와 사귀고 있다고 가정해 보자. 이 때 결정적인 것은 이 두 남자 중 누가 생식에 있어서 최종적인 우위를 차지하는가와, 누가 먼저 킬러 정자를 배치하는가의 문제이다. 오랜 기간 동안 자기 연인이나 아내와 섹스를 갖지 않았던 남자의 정액은, 그에 앞서 방어군을 배치시킨 다른 남자의 봉쇄에 대항하여 전투를 벌여야 하기 때문이다. 따라서 남자에게 있어 성공을 약속하는 가장 좋은 방법은 정기적으로 섹스를 갖는 것이다.

남편이나, 오랫동안 사귄 애인이 있는 남자는 정부에 대적하는 또 하나의 비밀 무기를 갖고 있다. 남편이 아내와 떨어져서 지내는 기간이 길수록 — 이론적으로는 아내가 이 기간 동안 다른 남자와 섹스를 가질 수도 있다면 — 남편이 아내와의 다음 번 섹스에서 사정하는 정액의 양은 더 많아진다. 이를 통해 남편은 있을지도 모를 정부의 정자를 완전히 휩쓸어버리려는 것이다. 정부의 정자들이 남편의 길을 가로막는다면, 남편은 강력한 사정을 통해 이 정자들을 휩쓸어버린다. 남성은 이 때 무슨 일이 벌어지고 있는지 전혀 모르며, 자기의 정자 수를 의식적으로 조절하지도 않

는다.

남편이 집에 돌아왔을 때 생산하는 정액의 양이 이례적으로 많은 것은 금욕과는 상관이 없으며, 따라서 이는 재고품으로 저장된 정액이 아니다. 또한 남편이 최근에 사정한 것이 언제인가가 중요한 것이 아니라, 그가 자기 아내와 마지막으로 잠자리를 같이 한 것이 언제인가가 중요하다. 한 연구에서 두 명의 남자에게 같은 날 각자의 아내와 잠자리를 같이 하게 하고 다음 동침 때까지 정확히 이틀을 기다리게 했다. 그 대신 한 명은 이틀 동안 여행을 하도록 했고, 나머지 한 명은 집에 머무르게 했다. 이틀 뒤 다시 각자의 아내와 동침하게 했을 때, 여행을 했던 남자가 사정한 정액 양은 집에 머물렀던 남자의 세 배에 달했다. 남자들의 정액 속의 정자 수를 조사한 결과, 남자들이 자기 아내의 정조를 의심할수록 정자 수는 더 많아지는 것으로 나타났다.

연구 결과들은 이처럼 남자들에 관한 여러 가지 선입견을 입증하고 있다.